Regula Venske
Bankraub mit Möwenschiss

LEDA

Regula Venske
Bankraub mit Möwenschiss
Inselkrimi

1. Auflage 2009
2. Auflage 2011
ISBN 13: 978-3-939689-18-8

Leda-Verlag, Kolonistenweg 24, D-26789 Leer
info@leda-verlag.de
www.leda-verlag.de

Lektorat: Maeve Carels
Satz: Heike Gerdes
Titelillustration: Carsten Tiemeßen
Gesamtherstellung: Bercker Graphischer Betrieb GmbH & Co. KG
Printed in Germany

REGULA VENSKE

BANKRAUB MIT MÖWENSCHISS

INSELKRIMI

LEDA

Fiat Juistitia
pereat mundus!

Frei nach Joh. Manlius, 1563:
Auf Juist herrsche Gerechtigkeit,
mag der Rest der Welt in Gier und Demenz versinken …

1.

Sie hatten ihn in den Dünen nahe der Bill aufgespürt und hetzten ihn von dort aus quer über die Insel. Warum nur hatten sie ihn nicht gleich an Ort und Stelle erschlagen? Sie hatten ihn doch bereits ergriffen, zwei aus ihrer Meute, denen der Geifer aus den Mundwinkeln tropfte, hatten ihn am Schlafittchen gehalten. Das triumphierende Gejohle der Umstehenden gellte ihm noch in den Ohren. Mit ein paar derben Fausthieben hatte er die beiden Männer außer Gefecht gesetzt und war davongespurtet, einfach ab durch die Mitte. Dabei waren sie in der Überzahl, hätten ihn aufhalten können. War er ihnen wirklich entkommen? Oder spielten sie mit ihm nur ein grausames Spiel, Katz und Maus?

Konnte er sich in den Ort hineinwagen, irgendwo unterschlüpfen? Oder hatten seine Verfolger bereits Verstärkung angefordert, warteten an der nächsten Straßenecke noch weitere seiner Peiniger auf ihn?

Eine Weile lief er an der Deichkante entlang, schleppte sich immer noch ein paar Schritte weiter, bis die Stiche in seinen Rippen ihn niederzwangen. Er wagte kaum, sich umzublicken. Natürlich hatte er sie doch noch nicht abgeschüttelt. Da hinten waren sie wieder, bogen soeben beim Bolzplatz um die Ecke, schlossen unweigerlich auf.

Er musste sich verstecken! Aber wo?

Diese Insel war zu klein und zu flach. Nirgends eine Zuflucht für ihn. Hier nicht, aber auch nicht da, wo er herkam. Mona wollte nichts mehr von ihm wissen, hatte ihn fallen lassen. Und er besaß kein Geld mehr, um sich einer freundlich gesonnenen Seele, die es vielleicht noch irgendwo gab, irgendwo geben musste, auf seine Weise erkenntlich zu zeigen. Oder sonst jemanden zu bestechen.

Sollte er stehen bleiben und sich ergeben? Oder ihnen entgegenlaufen?

Nein, auf keinen Fall! Niemals eine Geste der Unterwerfung! Zumal er ihre Rachegelüste damit nicht dämpfen würde. Bis hierhin konnte er ihren Blutdurst riechen. Sie wollten ein Opfer sehen. Wollten ein Exempel statuieren. An ihm.

Ohne weiter zu überlegen, schlug er einen Haken und hielt auf die Spülfelder zu. Aus den Augenwinkeln nahm er die Aufschrift auf dem Schild wahr. *Betreten verboten! Lebensgefahr!* Das konnte ihn jetzt nicht mehr schrecken. Ob es seine Verfolger abhielt? Ach, im Grunde war es egal, entweder sie fingen ihn oder nicht. In jedem Fall ging es mit ihm zu Ende. Sein Spiel war aus.

2.

Diesmal hatte Onno alles bedacht. Es würde sich schon noch auszahlen, dass er zu den Gründungsmitgliedern der Theatergruppe im Heimatverein gehörte und als Laienschauspieler viele Jahre erfolgreich auf der Bühne gestanden hatte. Mit Kostümen und Maskeraden hatte er Erfahrung. Als er sich in Gerdas altem Frisierspiegel betrachtete, erkannte er sich kaum wieder. Wenn er es nicht besser wüsste, hätte er selbst nicht geglaubt, dass er einen zweiundachtzig Jahre alten Kerl vor sich hatte. Von wegen, ein Mummelgreis! Vor ihm stand ein Mann in den besten Jahren, ein sportlich wirkender Typ von allenfalls Mitte sechzig. Das dunkelblaue Käppi mit der Aufschrift *Moin* hatte er so tief ins Gesicht gezogen, dass es seine zerknitterte Denkerstirn gnädig bedeckte, und den Zauberschal – er hatte ihn kürzlich bei *Nautilus* auf der Strandstraße erstanden – so geschickt über Mund und Nase drapiert, dass der größte Teil seines Gesichts und vor allem der charakteristische Bart nicht mehr zu sehen waren. Eigentlich war der bunt gemusterte Schal für Kinder gedacht, die sich damit wahlweise als Pirat oder Beduine herausputzen konnten. Aber für seine Zwecke taugte er auch.

Soweit Onno wusste, waren große Sonnenbrillen seit ein paar Jahren wieder modern. Er hatte das antike Stück, das kaum noch zwischen Zauberschal und Käppi passte und ihn vollends unkenntlich machte, beim Kramen in Gerdas Kommode gefunden. Früher hatte er sie – in weiser Voraussicht, wie sich nun zeigte – damit manchmal als sein Brillenäffchen aufgezogen, »na, lütje Brillaap?«, mit dieser Anrede hatte er sie regelrecht zur Weißglut getrieben. Daher hatte sie auf die Sonnenbrille, genauso wie auf die Lesebrille, meistens verzichtet. Zusätzliches Glück heute für ihn, an dieses hässliche Gestell konnte sich bestimmt kein Schwein mehr erinnern. Und schon gar nicht Kai Riepke, der von Norderney stammte und noch nicht lang auf der Insel wohnte.

Onno Petersen war äußerst zufrieden mit sich. Das I-Tüpfelchen seiner Maskerade aber waren die grünen Gummischlappen, wie sie vor ein paar Jahren der letzte Schrei gewesen waren. Crocs wurden sie genannt, diesen Namen hatte er sich prima merken können, denn als sie in Mode kamen, hatte er an Käse- und Schinken-Baguettes denken müssen und sich darüber gewundert, wieso Immo Bomke sein Sortiment auf so seltsame Weise erweitert hatte. Er hätte es dem alten Raffzahn durchaus zugetraut, dass er nicht davor zurückschrecken würde, inmitten von Schuhen, Halstüchern, Fischerhemden und dem ganzen Klimbim für den Strand auch noch einen Imbiss mit belegten Brötchen zu eröffnen. Um den Kauf der Schlappen, die er bislang nur in Haus und Garten getragen hatte, hatte er damals Sibylle gebeten; auch diese Spur führte also nicht direkt zu ihm zurück. Zudem hatte Immo vermutlich so viele davon unters Volk gebracht, dass er bei dem Stichwort Croc bestimmt nicht an Onno Petersen denken würde. Falls man den alten Gauner überhaupt je danach fragte.

Nein, er hatte alles bestens vorbereitet. Diesmal würden sie ihm nicht so schnell auf die Schliche kommen. Auch der rote Baumwollbeutel mit der Aufschrift *Frankfurter Buchmesse 1998*, in dem er die Beute abtransportieren wollte, war Teil seiner Tarnung. Ein Feriengast hatte ihn liegen gelassen, ebenso wie das schrill gemusterte Hawaiihemd, das ihm gar nicht einmal so schlecht stand. Wenngleich er aus freien Stücken natürlich kein Hemd angezogen hätte, das mit gelben, roten und grünen Cadillacs bedruckt war, das passte nicht zu einer Insel, auf der Autofahren verboten war. Für gewöhnlich trug Onno blaue Fischerhemden mit feinen weißen Streifen und im Winter einen dunkelblauen Troyer dazu. Aber nun würde er sich gerade hinter diesem aufdringlichen Muster verstecken.

Onno Petersen warf einen letzten kritischen Blick in den Spiegel. Er war nicht zu erkennen, da gab es kein Vertun. Vorausgesetzt, es gelang ihm, den jugendlichen Gang durchzuhalten, den er in den letzten Tagen heimlich geprobt hatte. An ihrem Gang erkannte man die Menschen angeblich am besten. Sogar von hinten, hatte er mal im Radio gehört. Er durfte auf keinen Fall schlurfen. Vermutlich war es das, was ihm bei seinem ersten Coup zum Verhängnis geworden war.

Ein Blick auf den Wecker, der auf seinem Nachtisch

stand, verriet ihm, dass noch eine knappe Stunde Zeit vor ihm lag. Er sollte sie sinnvoll und überlegt nutzen, und wenn auch nur aus dem einfachen Grund, um die Nervosität zu bekämpfen. Um sie in Schach zu halten oder wenigstens nicht noch weiter zu steigern. Er sollte sich ein Tässchen Kaffee gönnen, koffeinfrei, versteht sich, und vielleicht gelänge es ihm sogar, ein paar Bissen seines Frühstücksbrötchens zu mümmeln. Von unten hörte er Sibylle nach ihm rufen. Schnell entledigte er sich der Requisiten und streifte sein richtiges Hemd über. Als er sein Schlafzimmer verließ und schwerfällig die Treppe zum Erdgeschoss hinunter stapfte, hatte er seine allerunschuldigste Unschuldsmiene aufgesetzt. Vielleicht die beste Maske von allen.

3.

Onno fand sich allein am Frühstückstisch wieder. Wie erwartet war Sibylle aufs Festland gefahren. Zum Einkauf, angeblich. »Ich kann dich doch allein lassen, Olling?« – »Aber klar doch. Kein Problem, Mädchen.« – »Ist ja nicht für lang. Am Nachmittag bin ich wieder da. Wenn was ist, wendest du dich an Manfred. Du weißt, wo du ihn findest?« – »Mach dir um mich man keinen Kopp, Zibille.«

Sie hasste es, wenn er ihren Namen so aussprach. Onno kicherte. Manfred Arning wäre der Letzte, an den er sich heute wenden würde. Für das, was er sich vorgenommen hatte, brauchte er keine Zeugen. Und schon gar nicht diesen Stieper von der Inselpolizei.

»Du weißt, wo du ihn findest …«

Bei der Erinnerung an diese Formulierung verging Onno jäh das Lachen. Was nahm sich diese Botterhex inzwischen heraus! Er war doch nicht plemplem! Er wusste sehr wohl, wer er war. Onno Petersen, zweiundachtzig Jahre, ein alter Insulaner von echtem Schrot und Korn. Seit sechs Jahren verwitwet. Seither hatte er sich und anderen bewiesen, dass er auch allein gut zurechtkommen konnte. Viel mehr, auch allein ganz munter lebte.

In der ersten Zeit nach Gerdas Tod hatte er noch gelegentlich Zwiesprache mit ihr gehalten, allerdings nicht, um ihren Rat zu erbitten. Im Gegenteil. Wie hatte er es genossen, ihr gegenüber wenigstens im Nachhinein aufzutrumpfen …

»Siehst du, es geht auch ganz anders, als du immer dachtest. Es gibt nicht nur die eine – nämlich deine – geheiligte Art und Weise, die Tassen in der Spülmaschine zu verstauen oder die Handtücher in den Schrank zu legen. Es geht auch alles ganz anders.«

Die meisten von Gerdas Ordnungsregeln hatten sich als purer Aberglaube erwiesen. Nur leider hatte Sibylle die Grundsätze ihrer Mutter allzu bereitwillig übernommen.

Sibylle war es auch gewesen, die das hässliche Wort ins Spiel gebracht hatte. Altersdemenz. Zwar hatte sie mit gedämpfter Stimme gesprochen, aber die Tür zu ihrem Büro war nur angelehnt gewesen. Und er war nicht ganz so schwerhörig, wie sie dachte. Und bekloppt war er eben auch nicht. Mit dieser Bezeichnung hatte sie ihn schwer getroffen. Sein Vertrauen verspielt hatte sie. Wer weiß, wo sie das noch überall ausposaunte; vermutlich ja nicht nur gegenüber ihrer Freundin am Telefon.

Zugegeben, sein Gedächtnis funktionierte nicht mehr so gut wie früher, mal abgesehen davon, dass es früher auch nicht immer zu Gerdas voller Zufriedenheit funktioniert hatte. Manches, was er sich vielleicht hätte merken sollen, was er hätte wissen können, vergaß er sogleich. Aber das galt hauptsächlich für solche Dinge, die ihn nicht interessierten. Das Leben war zu kurz, um sich zu langweilen und mit überflüssigem Schietkraam zu belasten. Das hatte er lange genug machen müssen. Solange er berufstätig gewesen war, tagein, tagaus. Und – auch diese Zeitrechnung galt – solange er mit Gerda verheiratet gewesen war. Wenn er es recht bedachte, war es eine Zumutung, wie schnell sein Leben vergangen war. *Als flögen wir davon*, tatsächlich; in dieser Hinsicht stimmte, was in der Bibel stand, auch wenn er sonst nicht daran glaubte.

Dass er Sibylle manchmal mit Gerda anredete – für seine Tochter nur mehr ein weiterer Beweis seiner Verwirrung – war einzig und allein ihre Schuld. Wenn er sie mit Gerda verwechselte, so doch wohl deshalb, weil sie ihrer Mutter zunehmend ähnelte. Auch Gerda hatte diesen strengen Zug um die Mundwinkel gehabt, auch sie hatte sich schwer damit getan, einmal fünfe gerade sein zu lassen. Solche Menschen machten sich selbst das Leben zur Qual. Aber leider auch denen, die es gut mit ihnen meinten. Für einen Mann, der sich nichts weiter hatte zuschulden kommen lassen, als dass er als junger Hengst auf zwei hübsche Grübchen hereingefallen war, die längst missmutigen Falten gewichen waren, war eine solche Frau ein Kreuz und eine völlig unverhältnismäßige Strafe.

Wenn er ehrlich war – und vor sich selbst war Onno Petersen absolut ehrlich –, so hatte er nicht nur getrauert nach Gerdas Tod. Eine lange Ehe war nicht immer ein Himmelsgeschenk. Diese Art der Lebensführung verlangte über Gebühr viel Selbstdisziplin von allen Beteiligten. Jahrzehntelang hatte er Gerda keinen Grund zum Klagen gegeben. Aber nach ihrem Tod war es ihm nicht schwergefallen, die neu gewonnene Freiheit nach Herzenslust zu genießen. Endlich war er niemandem mehr Rechenschaft schuldig. Am Tag ihrer goldenen Hochzeit vor drei Jahren hatte er sich hemmungslos betrunken und sich bei jedem Glas, das er leerte, einmal mehr dazu gratuliert, dass es ihm gelungen war, die olle Suursnuut zu überleben. Dies war vielleicht seine eigentliche Lebensleistung.

Aber dann war Sibylle nach ihrer Scheidung auf die Idee gekommen, zu ihm zurück auf die Insel zu ziehen. In ihr Elternhaus, wie sie es nannte. Ausgerechnet an seinem achtzigsten Geburtstag hatte sie ihm ihren Entschluss mitgeteilt.

»Überraschung …!«

Sie hatte angefangen, das Haus zu renovieren, und den Pensionsbetrieb wieder auf Vordermann gebracht, den er, als Gerda erkrankte, hatte einschlafen lassen. Freundlich, aber keine Widerrede duldend hatte sie ihm nahegelegt, aus dem Vorderhaus auszuziehen und sich mit der Mansarde im Anbau zufriedenzugeben. Seine Mahlzeiten wurden ihm unten in der Küche serviert, was ja noch halbwegs anging, aber dass er sich an die Frühstückszeiten der Gäste halten musste, stieß ihm doch sauer auf. Um Punkt zehn Uhr wurde sein Gedeck abgeräumt, in diesem Punkt war Sibylle unerbittlich. Vorbei die schönen Zeiten, wo er im Bademantel hatte frühstücken können oder sogar den ganzen Tag im Bademantel verbrachte, ungekämmt und unrasiert, dafür gut gelaunt. Nur eine wie Sibylle – Gerdas Tochter – konnte bei solch harmlosen Vergnügungen von Sich-gehen-Lassen und drohender Verwahrlosung sprechen. In puncto Humorlosigkeit stand sie ihrer Mutter in nichts nach.

Manchmal machte sich Onno einen Spaß und neckte

sie mit der Idee, das Haus zu verkaufen und sich von dem Erlös einen schönen Lebensabend in Miami zu machen. Mit dieser Vorstellung konnte er sie wunderbar auf die Palme bringen, daher hatte er diesen angeblichen Lebenstraum genüsslich weiterentwickelt und im Laufe der Zeit ausgeschmückt. Sogar ein Fotoposter von Miami Beach hatte er erstanden und über den Herd gehängt, dorthin, wo früher das ehemals blütenweiße, im Laufe der Jahre aber reichlich vergilbte Leinentuch mit dem von Gerda gestickten Haussegen gehangen hatte. *Beklage nie den Morgen, der Müh und Arbeit gibt! Es ist so schön zu sorgen für Menschen, die man liebt …*

Im Unterschied zu Gerda beklagte er sich ja gar nicht, der Spruch passte nicht mehr. Stattdessen nun eine Strandszene von Miami Beach, mit einer halbnackten, braungebrannten Schönheit. Und einer Palme, versteht sich.

Natürlich hatte Onno nicht ernsthaft vor, je nach Florida zu ziehen. Er wollte noch nicht einmal dorthin reisen. Wer Onno Petersen kannte, musste es besser wissen. Was sollte er da? Allein schon, dass Sibylle ihrem Vater eine solche Schnapsidee zutraute, verriet, dass sie keine wahre Liebe für ihn empfand. Von Wesensverwandtschaft zu schweigen.

Natürlich wollte er auf Juist wohnen bleiben. Hier war er geboren, im Geburtszimmer bei den Schwestern im Josephsheim, wie es sich für einen echten Insulaner gehörte. Wenn er sich recht erinnerte, war es Mitte der 1980er Jahre gewesen, dass man das Schwesternheim abgerissen hatte. Oder Anfang der Neunziger? Egal. An der Stelle stand heute das schöne Apartmenthaus vom *Hotel Achterdiek*. Heim und Geburtszimmer gab es schon lange nicht mehr. Deshalb wuchsen kaum noch gebürtige Juister nach, und das war natürlich ein

Jammer. Zum Gebären wurden die Frauen aufs Festland geschickt, und die Alten sollten ihnen zum Sterben nun folgen. Aber nicht mit ihm! Da hatten sie ihre Rechnung ohne Onno Petersen gemacht. Er wollte auf Juist seinen Abgang machen, wollte in seinem eigenen Bett sterben. Dem Bett, in dem er gezeugt worden war. Und er wollte von Habbo Schwips unter die Erde gebracht werden, der auch Gerdas Begräbnis so würdig ausgerichtet hatte. Schöner, als die olle Schrumpel es verdient hatte, dachte Onno. Auf keinen Fall wollte er in die Klauen eines modernen Bestattungsdiscounters vom Festland geraten, der womöglich auf die Idee kam, ihn irgendwie rauszuputzen und zu allem Überfluss auch noch zu schminken. Man hörte ja von so allerlei neumodischem Unfug, der andernorts Einzug hielt.

Wenn das nicht allein schon Grund genug dafür war, nicht nach Miami zu gehen! Zwar war Onno ein leidenschaftlicher Hobby-Schauspieler und hatte nichts gegen Theaterschminke. Aber auf der Bühne, bitte sehr, da, wo sie hingehörte! Dieser amerikanische Leichenverschönerungsschnickschnack war nicht nach seinem Geschmack. So gut hätte Sibylle ihn eigentlich kennen müssen. Wenn hier also jemand auf dem Weg in die Altersdemenz war, dann doch wohl eindeutig sie!

Onno spülte den letzten Bissen seines Brötchens mit einem Schluck Kaffee herunter und stellte sein Frühstücksgeschirr zusammen, wobei er leise zwischen den Zähnen fluchte. Sein Leben lang hatte er unter dem Terrorregime der Weiber gestanden. Erst seine Mutter. Dann Gerda. Und jetzt sein eigenes Kind. Wie hatte sich die kleine Kratzkrabbe zu ihrem Nachteil entwickelt! Insgeheim beneidete er seinen Ex-Schwiegersohn. Auch wenn Gernot ein Langweiler war – zumindest war er Sibylles Herrschaft glücklich entronnen.

Aber was dieser Kölner Kääskopp geschafft hatte, konnte er auch, so wahr er Onno Petersen hieß und Schuhgröße 45 hatte. Mit etwas Glück waren ihm noch etwa zehn Jährchen vergönnt. Fit und gesund war er ja. Aber er musste seinen Lebensabend in Freiheit verbringen. Wie hieß es so schön im Gedicht? *Lewwer duad üs slaav,* lieber tot als ein Sklave. Ja, das stimmte, und auch die andere, modernere Formulierung, die er irgendwo gelesen hatte, liebte er sehr: *besser tot als Wrack*! Genau so empfand er von ganzem Herzen. Weder wollte er sein Dasein als Sklave seiner eigenen Tochter beenden noch seinen Lebensabend als Wrack im Altenheim fristen.

Und deshalb brauchte er Geld. Viel Geld. Eigenes Geld. Das Girokonto, auf dem allmonatlich seine Rente einging, hielt Sibylle bereits unter Kontrolle. Seine Rente sei im Wege der Zugewinngemeinschaft zur Hälfte von Gerda mit erwirtschaftet worden, hatte sie argumentiert, daher gehöre der mütterliche Anteil daran bereits ihr. Als handle es sich um das ihr zustehende Erbe. Wenn es nach ihr ginge, hätte sie längst auch sein Erspartes für ihre Umbaumaßnahmen angezapft. Sie hatte große Pläne, wollte die kleine Frühstückspension in den nächsten Jahren in ein schickes, kleines Wellnesshotel verwandeln. Auch daher rührte das Begehren, ihren alten Vater in ein Heim auf dem Festland abzuschieben, da machte er sich nichts vor. Bei ihrem ehrgeizigen Projekt war er ihr schlicht und ergreifend im Wege.

Um auf der Insel bleiben zu können, musste er seiner Tochter entkommen, es war paradox: Er musste weg von hier, um zu bleiben. Wenngleich nicht in dem Sinne weg, wie sie es sich dachte. Alles wäre leichter, könnte er sie einfach zum Teufel schicken, dachte Onno. Aber das ging natürlich auch nicht. Leider, leider.

Er bückte sich und kramte in der untersten Schublade

des Küchenschranks nach der Alufolie. Wie gut, dass er gerade noch daran gedacht hatte! Als er sich wieder aufrichtete und auf die Küchenuhr schaute, setzte sein Herz für einen Moment aus. Dann tat es ein paar schnelle, unregelmäßige Hüpfer. Schon acht Uhr zweiunddreißig. Nun musste er sich beeilen. In genau achtundzwanzig Minuten würde er zum zweiten Mal in seinem Leben eine Bank überfallen.

4.

»Und hier wäre dann die Nasszelle. Mit Extra-Haltegriffen.«

»Die – was? Ah ja. Hübsch.«

Ohne es selbst zu merken, rümpfte Sibylle die Nase. Ihre Zustimmung verriet nur ihre Nervosität, denn hübsch war eigentlich etwas anderes in ihren Augen. Irgendjemand hatte allerlei bunte Aufkleber kreuz und quer auf die vergilbten Kacheln des Duschbades geklebt. Sicher war es nicht die Heimleiterin persönlich gewesen. Wie ein heimlicher Fan der Sesamstraße sah Frau Stövhase nicht aus. Die schicke Mittfünfzigerin mit ihren kurzen, karottenrot gefärbten Haaren, dem modischen Kostüm und dem farblich genau darauf abgestimmten extravaganten Schmuck hatte in Sibylle auf Anhieb ein Gefühl der Unterlegenheit ausgelöst. Eine aparte Erscheinung. Wieso würde es ihr nie gelingen, sich zu solch einem Gesamtkunstwerk zu stylen? In Anbetracht ihres Berufes war es umso bewundernswerter, was Frau Stövhase aus sich machte. Leiterin einer Seniorenresidenz für Demenzkranke – wahrlich kein Zuckerschlecken.

Vermutlich verdankten sich die Dekobildchen der alten Dame, die das Zimmer zuletzt bewohnt hatte und die, so hatte Frau Stövhase erzählt, vor zwei Tagen friedlich verschieden war. Kermit und Krümelmonster, Samson und Supergrover sowie Ernie und Bert in allen Lebenslagen, beim Zähneputzen, mit und ohne Schwimmreifen oder Quietsche-Entchen zeugten von einem in der letzten Lebensphase wieder kindlich gewordenen Geist. Aus den Ritzen zwischen den Kacheln roch es nach Schimmelpilzen. Aber besser eine nicht ganz standesgemäße Nasszelle für ihren Vater als eine Gummizelle. Oder eine Zelle in einem ganz anderen Haus.

»Das ist schon in Ordnung. Mein Vater ist sowieso mehr der Typ, der-- gern badet«, sagte Sibylle.

Frau Stövhase grinste. »Sie meinen, einmal in der Woche, am Samstagabend?«

Sibylle atmete aus. »Genau.«

»Das große Badezimmer liegt am Ende des Ganges. Selbstverständlich werden unsere Pensionäre auch regelmäßig gebadet. Darf ich fragen, ob der alte Herr bereits Windeln trägt?«

Offenbar war die Leiterin weitaus schlimmere Fälle gewohnt als den alten Onno. Trotzdem schwankte Sibylle, wie viel sie hier preisgeben durfte. Wenn sie die Schrullen ihres Vaters zu sehr betonte, gab die Leiterin vielleicht einem pflegeleichteren Kandidaten den Vorzug. Stellte sie ihn aber als zu rüstig da, würde man sich womöglich für einen dringlicheren Notfall entscheiden.

»Ich sagte ja schon, das Problem ist vor allem – mental.«

»Ihr Problem oder das Ihres Vater?«

Diese Frau sah nicht nur gut aus, sie hatte auch Haare auf den Zähnen. Sibylle merkte, wie sie in Schweiß ausbrach. Sie kam sich vor wie in einer Prüfung. Ihre Eltern hätten es ihr wirklich leichter machen können. Wären sie doch nur in anderer Reihenfolge gestorben! Wenn es doch Gerda gewesen wäre, die überlebt hätte, und nicht ihr Vater! Ihre Mutter hatte sie regelrecht im Stich gelassen, dachte Sibylle manchmal. Leider würde sich Onno, wenn es ihr denn gelang, ihn in ein Heim zu verfrachten, nicht als der charmante Witwer erweisen, der als Hahn im Korb die alten Damen becircte. Überhaupt passte er nicht zu den niedlichen Hutzelwesen draußen im Flur, die einmal in der Woche mit zittrigen Stimmen im Kanon Volkslieder sangen und ansonsten friedlich mit Puppen spielten. Das hatte ihr Frau Stövhase vorhin in der Eingangshalle höchst anschaulich geschildert.

»Mein Vater hat vorigen Monat eine Bank überfallen«, sagte Sibylle. Die Flucht nach vorn hatte sich noch immer als die Methode bewährt, mit der man die meisten Erfolge verbuchte.

Und so war es auch jetzt. Die Heimleiterin lachte.

»Gediegen. So was hatten wir bislang noch nicht. Und, war er erfolgreich?«

Ein kleines lüsternes Funkeln war in ihrem Blick, so dass Sibylle kurz überlegte, ob diese Residenz wirklich die geeignete für ihren Vater wäre.

»Dreieinhalbtausend.«

»Gediegen«, rief Frau Stövhase noch einmal.

»Natürlich habe ich das Geld noch am selben Nachmittag erstattet«, sagte Sibylle. »Und auch dafür gesorgt, dass er sich persönlich entschuldigt.«

»Natürlich«, sagte die Heimleiterin.

Sie schaute verträumt aus dem Fenster. Sibylle folgte ihrem Blick. In der Rotbuche, die im Park hinter dem Haus stand, tummelten sich zwei Eichhörnchen und jagten verspielt den Baumstamm hinauf und hinunter.

»Trotzdem – schade eigentlich«, sagte Frau Stövhase. »Ich meine, wer von uns träumt nicht gelegentlich davon, eine Bank auszurauben?«

Für einen Moment hingen beide schweigend ihren Gedanken nach. Sibylle überlegte bereits, ob sie sich besser verabschieden sollte, da gab sich die Heimleiterin einen Ruck und war wieder in der Wirklichkeit angekommen.

»Zu wann, sagten Sie, will Ihr Herr Vater hier einziehen?«

Er will es gar nicht, dachte Sibylle verzweifelt. Laut sagte sie: »Wenn es passt, geht es sofort.«

»Wir haben eigentlich eine lange Warteliste«, sagte Frau Stövhase. »Aber wenn Sie mögen, machen wir gleich einen Vertrag zum nächsten Ersten. Bis dahin wird das Zimmer hübsch renoviert.«

Sibylle wusste nicht, wie ihr geschah. Dies war das zwölfte Heim, das sie sich in den letzten drei Wochen angeschaut hatte. Überall hatte es aussichtslos ausgesehen, lange Wartelisten hatten sie alle. Wenngleich sie ihren Vater nicht bei jedem Haus hatte vormerken lassen wollen. Und nun dieses unerwartete Glück. Mit leichtem Schwindelgefühl folgte sie der Heimleiterin treppauf und treppab über Gänge und Flure. Wieder kamen sie an den beiden alten Damen vorbei, die sie vorhin schon gesehen hatten. Anscheinend spukten sie zu jeder Tageszeit – »und Nachtzeit«, zwinkerte ihr Frau Stövhase zu – im Hause herum. Sibylle begrüßte sie freundlich, die beiden erschienen ihr nun schon beinahe wie alte Bekannte. Die kleinere der beiden, reizend anzusehen im rosa Strickkleidchen mit passendem Hut, fütterte gerade einen Wellensittich mit Essensresten, die sie aus ihrer Handtasche zog. Bei näherem Hinsehen erkannte Sibylle, dass es sich bei dem Vogel im Käfig um eine Attrappe handelte.

»Diese Voliere haben wir extra für unsere lieben Alzis aufgehängt.« Frau Stövhase hatte Sibylles befremdeten Blick aufgefangen. »Vor allem die alten Damen horten sonst zu viel Essen in ihren Handtaschen. Oder auch unterm Bett«, erläuterte sie. »Wozu soll es da vergammeln? Hier können sie ihre Meise füttern, ohne dass es jemandem schadet, und alle sind glücklich dabei.«

»Sehr hübsch«, lobte Sibylle.

Insgeheim fragte sie sich, ob die Kekse und Salatblätter, die den Boden des Vogelbauers bedeckten, bei nächster Gelegenheit wieder ihren Weg auf die Tische im Speisesaal fänden. Das wäre dann ein perfektes Recycling. Vielleicht sollte sie dem einmal nachgehen, wenn sie ihren Vater demnächst besuchte. Oder nein, lieber nicht. Sollte sich ihre nicht ganz ernst gemeinte Unterstellung tatsächlich als gängige Praxis erweisen, bekäme sie womöglich noch Skrupel, ihren Vater in diesem Hause zu lassen. Aber wie die Heimleiterin sehr richtig bemerkt hatte, änderten sich die menschlichen Bedürfnisse im Alter. Und zwar nicht nur im Hinblick auf Sex, Appetit oder Schlafbedürfnis. Die Ansprüche auf Ordnung und Reinlichkeit änderten sich auch. Manches, was sie empfindlich störte, würde ihr Vater gar nicht bemerken. Und bei ihm lag das noch nicht einmal nur an seiner nachlassenden Sicht. Er war immer ein Schludderer gewesen, milde gesagt.

Endlich hatten sie das Büro der Heimleitung erreicht. Ein einladendes, helles Zimmer mit grünem Teppichboden und karottenroten Gardinen, das genau auf Frau Stövhases Haarfarbe und Garderobe abgestimmt war und in Sibylle den Wunsch erweckte, ihr eigenes kleines Büro noch heute Abend umzugestalten. Frau Stövhase konnte sie sich wirklich zum Vorbild nehmen. Kein Zweifel, bei dieser Frau wäre ihr Vater in guten Händen.

Es war nicht das übliche Abschieben ins Heim, was sie hier betrieb, so beruhigte sie ihr Gewissen. Es geschah ausschließlich zum Wohl ihres Vaters. In ihre Bewunderung mischte sich ein Gran Neid. Ein Gran Eifersucht auch. Diese Frau war so elegant, so perfekt, so angekommen in ihrem Leben. Ihr Vater würde doch nicht am Ende eine Frau Stövhase seiner eigenen Tochter vorziehen? Nein, so etwas durfte sie nicht unterstellen, diesen Gedanken musste sie im Keim ersticken. Und überhaupt, Heidi hieß die Frau mit Vornamen, wie Sibylle nun den diversen Papieren und Formularen, die vor ihr ausgebreitet wurden, entnehmen konnte. Heidi Stövhase. Tja, für ihren Namen konnte sie zwar nichts, aber da war offenbar Schluss, da war das Gesamtkunstwerk an seine Grenze gekommen.

Mit einem leichten Anflug von Genugtuung unterschrieb Sibylle den Aufnahmevertrag. Nun war es amtlich. Am ersten April konnte ihr Vater hier einziehen. Alles würde gut.

Es gab nur ein einziges kleines Problem. Und ihr blieb nur noch eine kurze Frist, um es zu lösen. Die Frage aller Fragen lautete natürlich: Wie brachte sie dem alten Dieskopp diese Neuigkeit am geschicktesten bei?

5.

Nachdem sie Sibylle Petersen-Rodi zum Ausgang geleitet und sich herzlich von ihr verabschiedet hatte, kehrte Heidi Stövhase in ihr Büro zurück. Zeit für ihre Teepause. Darauf musste sie in ihrem Beruf achten, es war wichtig, sich abzugrenzen, sonst wurde man zu leicht von den Bedürfnissen anderer Menschen aufgefressen. Das kleine Teezeremoniell jeden Tag war ihr heilig. Ihre Mitarbeiterin hatte bereits die Ostfriesische Mischung in gewünschter Stärke aufgegossen und die hübsche Kanne mit dem Rosenmuster auf das silberne Stövchen gestellt. Heidi löffelte ein paar Stückchen Kandiszucker – sie bevorzugte ihn weiß – in die Tasse, füllte mit Tee auf und gab einen Schuss Sahne hinzu. Sie träufelte sie linksherum, entgegen dem Uhrzeigersinn in den Tee, damit die Zeit langsamer liefe. Nach guter ostfriesischer Tradition rührte sie nicht um, sondern freute sich an den eleganten Formen und Kreisen der Sahnewölkchen. Jetzt konnte sie ein Gesicht erkennen, jetzt ein Segelschiff. Einen Wirbelwind. Eine Perlenkette …

Heidi Stövhase hatte es zwar bis zur Heimleiterin gebracht, aber in ihrem Beruf konnte man keine großen Reichtümer anhäufen. Jedenfalls nicht auf legale Weise. Sie stellte sich einen eleganten Herrn vor, der einer Frau eine Perlenkette anlegte. Er trug einen weißen Anzug und die Frau ein weißes Kleid. Ein Kleid aus weißer Sahne, dachte Heidi Stövhase. Der Mann hatte einen weißen Bart und weiße Haare, feine, weiße Sahnehaare, es war ein älterer Mann. Ein eleganter alter Herr, der ihr *Silber und Gold, Kisten voll* brächte und *Seide und Sammet-, Sammetzeug*, der sie mit Perlen und Diamanten überhäufte, mit glitzernden Juwelen und geschliffenen Komplimenten. Ach, Träume aus Kandiszucker, sinnierte Heidi Stövhase. Kluntjes und Klunkern. Genauso süß und verlockend, aber auch genauso vergänglich.

Seltsam, ein unbescholtener alter Mann, der sich sein Leben lang korrekt verhalten hatte, »ein braver Beamter«, hatte die Petersen-Rodi gesagt. Und plötzlich, mit zweiundachtzig, kam er auf die Idee, eine Bank zu überfallen. Was wohl der Auslöser dafür gewesen war? Offenbar wurde er von seiner Tochter ziemlich kurz gehalten. Armer Onno Petersen, dachte Heidi Stövhase. Schon bevor sie ihn kannte, hatte sie den alten Herrn in ihr Herz geschlossen. Dreieinhalbtausend Euro! Nicht schlecht für den Anfang. Aber natürlich nicht genug, um richtig auf den Putz hauen zu können. Immerhin war es genau das Sümmchen, das sie gebraucht hätte, um sich das chinesische Jadekettchen mit den dazu gehörigen Ohrringen leisten zu können, ganz entzückende Kleinode, die sie bei ihrem letzten Shoppingausflug neulich in einem Antiquitätengeschäft in Oldenburg entdeckt hatte.

Heidi Stövhase pustete zart über den Tee und gönnte sich einen Schluck.

Ach, es brachte nichts, diesen Tagträumen nachzuhängen. Onno Petersen hatte die Beute ja längst retourniert. Hatte sie zurückbringen müssen. Wie ein Kind, das etwas ausgefressen, vielleicht der Lehrerin eine patzige Antwort gegeben hatte und nun von den Eltern gezwungen wurde, sie um Verzeihung zu bitten. Oder sich bei den Nachbarn zu entschuldigen, über deren frisch gesäten Rasen es aus Versehen getrampelt war. Sie erinnerte sich nur zu gut an diese Demütigungsrituale aus ihrer Kindheit. »Ich will's auch nie wieder tun …« Schrecklich war das gewesen.

Wie würde sie sich verhalten, wenn einer ihrer Pensionäre einen Bankraub beginge? Na logo, ich würde ihn decken, dachte Heidi Stövhase. Solange ich genug Schweigegeld kriege. Sie kicherte. Natürlich stand zu befürchten, dass sie sich genau so korrekt wie Sibylle Petersen-Rodi verhalten würde. Aber wozu war dem Menschen die Gabe der Phantasie gegeben, wenn nicht, um sich alles Mögliche – und Unmögliche – auszumalen und nach Herzenslust seinen Hirngespinsten nachzuhängen? Es nützte zwar nichts, aber es schadete schließlich auch keinem. Solange man zwischen Traum und Realität noch halbwegs zu unterscheiden imstande war.

»Frau Stövhase? Frau Stövhase!«

Die Tür wurde aufgerissen. Ohne anzuklopfen stürmte der Zivi ins Zimmer. »Entschuldigen Sie, dass ich hier so reinplatze, Frau Stövhase, aber es gibt einen Notfall auf der Eins. Ob Sie mal kommen könnten?«

Heidi Stövhase lächelte den aufgeregten jungen Mann freundlich an. Sie hatte sich immer im Griff, das gehörte zu ihrem Selbstbild. Bevor sie aufstand und dem schwitzenden Zivi auf die Pflegestation folgte, trank sie ihre Tasse Tee mit der gebotenen Gemütsruhe aus.

6.

Die *Frisia III* legte eben vom Kai in Norddeich Mole ab, und Sibylle freute sich darauf, für die Dauer der Überfahrt eine kleine Schonfrist zu haben. Hier wollte niemand etwas von ihr. In aller Ruhe könnte sie bei einer Tasse Kaffee entspannen. Sie musste sich nur noch entscheiden, ob sie sich dazu auch noch eine heiße Bockwurst gönnen sollte. Frau Stövhase mit ihrer tollen Figur würde sich einen solchen Genuss sicher verkneifen. Aber Sibylle hatte nun einmal gerade so einen Jipper auf ein appetitliches Würstchen …

Während sie noch überlegte, hin und her gerissen zwischen dem Wunsch, ein neues Leben zu beginnen, und den Bedürfnissen und Bedingungen des alten, wurde sie von Mozarts Kleiner Nachtmusik aus ihren Träumen gerissen. Ihr Handy klingelte.

Am Apparat war Kai Riepke, der Filialleiter der Ostfriesischen Landesbank, kurz OLBA genannt. Beim Klang seiner Stimme verspürte Sibylle das altbekannte Prickeln in der Magengegend. Sie waren zur gleichen Zeit in Norden auf die Berufsschule gegangen, und obwohl Kai zwei Jahre jünger war, war ihr der hübsche Junge schon damals aufgefallen. Inzwischen machte ihn der kleine Altersunterschied nur noch attraktiver. Natürlich war es verlockender, wenn man mit sechsundvierzig einen Vierundvierzigjährigen eroberte, als sich mit siebzehn einem pickligen Fünfzehnjährigen hinzugeben. Nachdem seine erste Ehe in die Brüche gegangen war, hatte Kai wechselnde Beziehungen. Zuletzt war er mit einer knackigen Mittdreißigerin aus Norddeich liiert gewesen, soviel sie wusste, zur Zeit aber wieder Single.

Leider war der Anlass seines Anrufs nicht privater

Natur. Er habe leider keine gute Nachricht für sie, so eröffnete Kai das Gespräch, und mit den darauf folgenden Worten verpasste er dem kleinen Anflug von Nostalgie, der sie für einen Moment ergriffen hatte, einen empfindlichen Dämpfer.

Zum zweiten Mal an diesem Tag brach Sibylle in Schweiß aus, und bei dem, was Kai ihr sodann erzählte, verging ihr der Heißhunger auf Würstchen. Während Kai die Untaten ihres Vaters schilderte, durchaus genüsslich, so schien es ihr, hörte sich Sibylle eine Entschuldigung nach der anderen stammeln. Sie wünschte, sie hätte einfach wie Frau Stövhase über den alten Mann lachen können. Ach, wenn doch die Heimleiterin jetzt hier an ihrer Stelle gewesen wäre! Oder wenigstens an ihrer Seite, wenn sie ihr die Hand gehalten und ihr beigestanden und sie vielleicht daran gehindert hätte, zum wiederholten Male zu beteuern, wie überaus großzügig sie das Verhalten des Filialleiters fand.

»Wirklich, Kai, das ist echt nobel von dir …«

Natürlich konnte sie ihm nicht genug dafür danken, dass er bislang darauf verzichtet hatte, die Polizei einzuschalten. Aber es machte einen selbst so verwundbar und klein, andauernd die Stärke des anderen betonen zu müssen. Offenbar hatte Kai schon von Antje Augustin gehört, dass Sibylles Vater vor kurzem auch der Filiale der Auricher Darlehenskasse an der Strandstraße einen Besuch abgestattet hatte – Lohn und Fluch des Insellebens zugleich. Man konnte nichts unbemerkt tun. Immerhin aber kümmerten sich die Leute.

Einerseits wäre es ihr lieber gewesen, Antje hätte diese Geschichte für sich behalten. Andererseits war sie Antje nun doppelt zu Dank verpflichtet. Auch Antje Augustin hatte ihren Anteil daran, dass Kai sich, dem Vorbild seiner Kollegin folgend, ebenfalls dazu entschlossen hatte, die Sache unbürokratisch zu regeln. Solche Formen mitmenschlicher Solidarität gab es eben nur auf der Insel.

Nachdem Sibylle das Gespräch beendet hatte, stellte sie sich doch am Kiosk an. Statt eines Bockwürstchens verlangte sie ein Bier und eine Tafel Vollmilch-Nuss-Schokolade.

7.

Er wollte nicht undankbar sein, und deshalb dankte Onno seinem Schöpfer dafür, dass es wenigstens nicht regnete. Sein Coup war allerdings nicht so elegant über die Bühne gegangen, wie er es sich vorher ausgemalt – oder erbeten – hatte. Und nun versteckte er sich schon seit gut zwei Stunden im Naturschutzgebiet im Gebüsch, das hier, unweit der Bill, besonders verwildert und dicht war.

Soweit er es beurteilen konnte, war ihm niemand gefolgt. Er war in Sicherheit, zumindest fürs Erste. Natürlich wollte er primär seine Beute verstecken und nicht nur sich selbst. Aber er musste sich erst einmal beruhigen. Und dringend analysieren, wo seine Fehler lagen. Nur dann konnte er sie beim nächsten Mal vermeiden und aus seinem Misserfolg lernen.

Wenige Minuten nach neun hatte er mit geringfügiger Verspätung den Schalterraum der OLBA betreten. Kai Riepke, der planungsgemäß am Schalter gesessen hatte, bediente bereits eine junge Frau, die ein Baby in einem bunt gestreiften Umschlagtuch trug. Eine ältere Dame, dem Aussehen nach wohl die Mutter der jüngeren, hatte daneben gestanden. Mit energischem Schritt hatte Onno sich dem Schalter genähert. Dünn und geschmeidig, das waren die Worte, die er hierbei für sich selber prägte. So weit, noch halbwegs gut. Mit frecher Geste – wie ein junger Spund, dachte Onno – hatte er die beiden Frauen beiseite geschoben und die Pistole auf Kai Riepke gerichtet. Es waren nur Platzpatronen darin, aber das konnte Kai Riepke nicht wissen, und die beiden Kundinnen hatten es auch nicht gewusst. So weit, ebenfalls gut.

Er hatte den Frauen befohlen, sich auf den Fußboden zu legen, aber mit dem Baby im Tragetuch konnte die junge Mutter seiner Anweisung nicht sogleich Folge leisten. Schwerfällig war sie in die Hocke gegangen, und ihre Mutter, die sich schon bereitwillig und für ihr Alter erstaunlich gelenkig auf den Boden geworfen hatte, hatte sich ebenso gelenkig wieder aufgerichtet und sich schützend vor sie gekauert. Eine tapfere und beachtlich trainierte Frau, die vermutlich regelmäßig ihre Yoga-Übungen machte. Hoffentlich beherrschte sie nicht auch noch irgendwelche neumodischen Kampfsportarten, war es ihm durch den Kopf geschossen.

Unbeeindruckt von der Nervosität seiner Mutter hatte das Baby ihn mit großen, aufmerksamen blauen Augen gemustert und fröhlich vor sich hin gekräht und gebrabbelt.

Hätte er mit seinem Überfall doch nur abgewartet, bis die kleine Familie die Bank wieder verlassen hatte! Stattdessen hatte er »Geld her, aber dalli!« geknurrt, mit planmäßig verstellter Stimme. Und das Zaubertuch hatte seine Stimme gedämpft und ihr noch zusätzlich eine andere Klangfarbe verliehen. In seinen eigenen Ohren hatte sie rau und energisch geklungen. Herrisch geradezu. Oder?

Vielleicht doch etwas dumpf? Oder zu krächzig?

War dies der entscheidende Schwachpunkt?

Hatte ihn Kai Riepke an seiner Stimme erkannt?

Zunächst hatte sich der Filialleiter nichts anmerken

lassen, sondern kühl und geschäftsmäßig reagiert. Wie gewünscht, hatte er diesen neumodischen Geldwechselautomaten in Gang gesetzt, ein paar Scheine daraus entnommen und vor Onno auf den Tresen geblättert. Er hatte sogar die Nerven besessen, sie ihm vorzuzählen. »Fünfzig – eins – fünfzig – zwei – fünfzig – drei – vier – fünfhundert.«

Onno hatte bedrohlich, so glaubte er jedenfalls, mit der Pistole herumgefuchtelt und »Mehr! mehr!« geschrien. Wie der kleine Häwelmann aus dem Bilderbuch, dachte er jetzt. Die Erinnerung war ihm peinlich.

»Mehr gibt's nicht«, hatte Kai Riepke behauptet.

Und dann hatte er noch leise hinzugefügt: »Bau keinen Scheiß, Onno!«

Diese Blamage. Am liebsten hätte Onno in jenem Moment abgedrückt und ein Loch in die Decke der Schalterhalle geschossen. Stattdessen hatte er die Scheine mit der Linken an sich gerafft und sie, während er den Rückzug antrat, in seine Hosentasche gestopft.

Halt! Die Hosentasche! Vielleicht lag da der Hase im Pfeffer! Er war zwar maskiert gewesen und hatte ein verrücktes Hemd und alberne grüne Schuhe getragen. Aber an die Hose hatte er keinen Gedanken verschwendet. Alle Welt lief doch heutzutage in Jeans herum, hatte er gedacht und sich in seiner Alltagshose auf der sicheren Seite gewähnt. Seine schöne, bequeme Nietenhose. Seit zwanzig Jahren leistete sie ihm treue Dienste. Hatte sie ihn verraten?

»Schiet in de Büx«, flüsterte Onno.

Es war gar nicht so einfach, eine Bank auszurauben. Jedenfalls nicht hier auf der Insel, wo jeder jeden kannte und die Auswahl an Geldinstituten beschränkt war. Überdies stellte sich bei einem richtig großen Coup sofort das Problem mit dem Fluchtweg. Den gab es natürlich nicht an einem Ort, an dem die Fähre zum Festland nur einmal pro Tag verkehrte. Pech, wenn sie schon abgelegt hatte, bevor einer mit seinem Geldsack angeschlurft kam. Pech aber auch, falls man sie doch erwischte – nur um dann in Norddeich an der Mole von den freundlichen Herren von der Kriminalpolizei in Empfang genommen zu werden. In Aurich gab es da ein paar sehr gewiefte Füchse, von deren Fahndungserfolgen man so einiges hörte. Und Manfred Arning, der Inselpolizist, auf den Sibylle so große Stücke hielt, arbeitete mit ihnen zusammen und war mit allen befreundet.

Nein, allzu leicht durfte man es diesen Herren nicht machen.

Sein linkes Bein war eingeschlafen. Onno verlagerte sein Gewicht auf die rechte Pobacke und streckte den linken Fuß vorsichtig aus.

»Schiet ok!«

Es tat höllisch weh, als das Blut zurück ins Bein strömte. Er musste endlich zu einer Lösung kommen, hatte lange genug hier im Gebüsch gesessen. Er war eben doch ein alter Kröpel, da half kein Leugnen.

Und vielleicht ist das sogar gut, dachte er plötzlich, während er behutsam mit dem Bein wippte und den Fuß kreisen ließ. Vielleicht ist das genau meine Rettung. Wie hieß noch mal das Wort, das Sibylle neulich benutzt hatte? Diese populäre Krankheit, von der heutzutage andauernd die Rede war? Früher hatte es so etwas doch gar nicht gegeben. Himmel, wie hieß sie doch gleich? Die Arschkarte, kicherte Onno. Genau, mit A fing das schreckliche Wort an. Na egal. Aber vielleicht sollte er nicht länger dagegen ankämpfen, sondern Sibylle in ihrer Meinung bestätigen, dass er wirklich nicht mehr ganz richtig im Dachstübchen war. Schon ein bisschen weich in der Birne. Das Gescheiteste war, so zu tun, als ob. Und insgeheim stur seinen eigenen Plan zu verfolgen. Damit war er doch im Leben noch immer am besten gefahren. Nur sich die Piepen wieder abluchsen lassen, das durfte er dieses Mal nicht. Aber für heute hatte er Vorsorge getroffen.

Endlich hatte sich sein Bein wieder beruhigt. Nun noch einmal von vorn, das Ganze bei Lichte betrachtet. Trotz seiner Vermummung und seines jugendlichen Gangs hatte man ihn wiedererkannt. Das war verbesserungswürdig. Dafür hatte er deutlich mehr Beute gemacht als vor ein paar Wochen. Bei seinem ersten Coup, als er dem muffigen Schalterraum der Auricher Darlehenskasse einen Besuch abgestattet hatte, war er mit fünfzig Mark von dannen gezogen. Oder Euro, wie es jetzt immer hieß. Heute hatte er fünfhundert ergattert, also das Zehnfache der letzten Beute. Ein eindeutiger Aufwärtstrend. Den es nun zu festigen galt, indem er den Zaster sicher vor Sibylle versteckte. Der Bettkasten kam nicht noch einmal in Frage, darin hatte sie beim letzten Mal zuallererst nachgeguckt. Hier im Wäldchen gab es bessere Plätze. Und dann galt es, die Unschuld vom Lande zu mimen. Und sollten sie ihn je in ein Heim einsperren, so würde er eben der nächstbesten Sparkasse dort in der Nähe einen Besuch abstatten; sie würden schon sehen, was sie dann davon hatten.

Vorsichtig setzte Onno seine Füße nacheinander auf den Boden und rappelte sich unter allerlei Seufzern und Flüchen allmählich auf. Vielleicht sollte auch er mit Gymnastik oder Yoga beginnen? Diese rüstige Dame vorhin hatte ihn schon beeindruckt. Wenn er sich mit so einer Blixhexe zusammentat, konnte er noch als Fassadenkletterer enden.

Er war lange nicht mehr im Wäldchen gewesen. Als Kind hatte er das Terrain wie seine Westentasche gekannt. Hier hatten sie sich regelmäßig mit den Pimpfen getroffen und das großdeutsche Reich gerettet, hierhin hatte er sich aber auch mit seinem Schulfreund Axel zurückgezogen, wenn sie ihre Ruhe haben wollten. Hier hatten sie ihre ersten Zigaretten geraucht und über die Sache mit den Mädchen gesprochen. Axel war im Krieg gefallen; einen Freund wie ihn hatte er nie wieder gehabt. Eine echte Männerfreundschaft, das war es wohl, was er in seinem Leben am meisten vermisst hatte. Damit wäre auch Gerda leichter zu ertragen gewesen.

Nach wie vor fand er sich hier gut zurecht. Den Unkenrufen seiner Tochter zum Trotz hatte ihn sein Orientierungsvermögen eben doch noch nicht ganz verlassen. Unweit der Stelle im Unterholz, die Axel und er damals zu ihrem Geheimversteck erklärt hatten, befanden sich die Überreste einer morschen Bank. Ein guter Orientierungspunkt. Denn es galt ja nicht nur, die Beute todsicher zu verstecken. Es galt auch, sie todsicher wiederzufinden.

»Operation Bank«, kicherte Onno. Ein Teekesselchen aus Sibylles Kindertagen, das er sich bestimmt würde merken können. Die Bank, bei der man das Geld abholte. Die Sitzbank im Wäldchen. Und eine Sandbank; aber die käme als Versteck nicht in Frage.

Er hatte gründlich nachgedacht über alles. Auf keinen Fall würde er den Fehler begehen und etwa eine Geldkassette im Boden vergraben. Für den Fall, das ihm doch jemand gefolgt sein sollte oder ihn auch nur im Wäldchen hatte verschwinden sehen, wäre das viel zu offensichtlich. Von wegen, herausgerissenes Buschwerk und Spuren frisch umgegrabener Erde mit ein paar lose verstreuten Blättern und Zweigen darauf. Das wäre das Übliche, so etwas würden sie doch nur von ihm erwarten.

Er aber wollte seinen Blick in die Höhe richten.

Das alte Meisenhäuschen aus seinem Garten hatte

er schon vor ein paar Tagen hier angebracht. Seit Ewigkeiten hatte sich kein Vogelpaar mehr darin blicken lassen. Auch die Ansprüche der Kreatur auf modernen Komfort schienen heutzutage gestiegen.

Onno klemmte sich das Stöckchen unter den Arm, das er unterwegs vom Boden aufgelesen hatte. Er brauchte ja nur auf die Bank zu klettern und die Hand nach einem Ast auszustrecken, an dem er sich festhalten konnte – oder vielmehr, sich auf die Zehenspitzen zu recken, damit er an den Ast heranreichte, denn das Bäumchen war offensichtlich gewachsen, seit er zuletzt hier gewesen war. Oder bin ich etwa geschrumpft?, wunderte sich Onno. Aber endlich gelang es ihm doch, sich den Ast zu schnappen, und mit Hilfe dieses Haltes stieg er verwegen auf die morsche Lehne der Bank. Er kam doch wirklich prima zurecht, auch ohne Yoga-Schnickschnack. Nun galt es nur noch, das kleine Geldbündel, zu dem er die Scheine zusammengerollt hatte, wieder aus dem Stoffbeutel hervorzuholen – das war die leichteste Übung – und das Röllchen – umsichtig, wie er war, hatte er es bereits in einen Streifen Alufolie gewickelt – auf die Spitze des Zweiges zu spießen – eine schon etwas wackeligere Angelegenheit. Mit Hilfe des Stöckchens konnte er das Röllchen sodann in die Höhe befördern und mit einem geschickten Dreh durch das kleine Einflugloch in das Meisenhäuschen bugsie…

Die Lehne durfte nur nicht abbrechen unter seinem Gewicht – täuschte er sich oder knirschte sie gerade bedenklich? Und ihm durfte nicht schwindelig werden bei seiner Unternehmung – nicht schwarz werden vor Augen – »Gommes!« – das Geldröllchen war so lächerlich klein, es musste doch wohl durch das Guckloch passen?

Onno zwang sich, tief durchzuatmen. »Sünt Düvels, pass op …«

Wenn er hier herunterfiele und sich etwas brach, konnte es lange dauern, bis man ihn fand. Das war sein letzter Gedanke, dann wurde es dunkel um ihn.

8.

Sibylle hatte sich ihren Feierabend anders vorgestellt. Im Fernsehen lief eine neue Folge von *Pfarrer Braun* mit Ottfried Fischer, auf die sie sich den ganzen Tag über gefreut hatte; weniger um des dicken Pfarrers willen als wegen des köstlichen Gespanns seiner Vorgesetzten. Der eitle Bischof und sein ebenso säuerlich wie selbstzufrieden dreinblickender Adlatus – Mühlich? oder Nölig? Sie konnte sich den Namen immer nicht merken – bildeten ein herrlich verschrobenes Team, das sie für alles, was Gernot ihr je im Namen des Katholizimus angetan hatte, reichlich entschädigte. Gernot war nicht nur katholisch getauft, sondern sogar Absolvent einer Jesuitenschule. Das hatte ihn bei jedem Ehestreit mit einer natürlichen Überlegenheit ausgestattet.

Aber anstatt es sich auf dem Sofa bei Keksen und Tee bequem machen zu können, stand ihr nun eine unangenehme Unterredung bevor, die weder ihr Spaß bereiten würde noch unbedingt den Leuten, die sie aufzusuchen gedachte. Und dass von ihrem Vater jede Spur fehlte und sie keine Ahnung hatte, wo er stecken könnte, verbesserte ihre Laune auch nicht. Frau Stövhase auf dem Festland hätte in einer solchen Situation vielleicht die Polizei alarmiert. Aber sie war nicht Frau Stövhase, und sie waren hier nicht auf dem Festland. Wenn es bislang gelungen war, die Polizei aus der Sache herauszuhalten, so wollte nicht ausgerechnet sie diejenige sein, die die Kripo mit der Nase auf die kriminellen Machenschaften ihres alten Herrn stupste.

Als Erstes suchte sie die beiden Frauen auf, Mutter und Tochter, denen ihr Vater diesen unverantwortlichen Schrecken in der Morgenstunde eingejagt hatte. Vielmehr, er selbst war der Schrecken gewesen. Kai Riepke hatte ihr in seiner zuvorkommenden Art sowohl die Namen als auch die Unterkunft der jungen Familie auf der Insel verraten. Und daher fand sie sich kurz darauf in einer gepflegten Suite des *Juister Hofs* wieder, auf der Sesselkante sitzend und Sabine und Cornelia Hayn um Entschuldigung bittend. Im Flüsterton, denn das Baby schlief und durfte keinesfalls aufgeweckt werden, nach all den dramatischen Ereignissen dieses Tages.

»Wer weiß, ob ihm heute nicht ein Trauma fürs Leben zugefügt wurde?«, so hatte dessen Großmutter das Gespräch soeben eröffnet.

Zerknirscht hockte Sibylle da und fragte sich und die Frauen, wie sie das Treiben ihres Vaters wiedergutmachen könnte. Während sie ihnen das Angebot unterbreitete, im Anschluss an die bereits gebuchte Reise noch ein Wochenende im schönen *Haus Meeresleuchten* anzuhängen, um sich an Ort und Stelle von der Harmlosigkeit des alten Herrn zu überzeugen, betete sie insgeheim, dass die beiden nicht inzwischen irgendwelche Schadensersatzansprüche ausgeheckt hatten. So, wie sie daherredeten, schienen die Damen Volljuristinnen zu sein. Nicht, dass die junge Mutter fortan Onno Petersen für alle Verhaltensauffälligkeiten ihres Knirpses verantwortlich machte und dessen Tochter noch in zwanzig Jahren zur Kasse bat! Schadensersatz für entgangene Urlaubsfreude, Psychotherapien, auch für Mutter und Tochter, posttraumatische Störungen und allerlei Berufsunfähigkeitsrenten: Schon beim bloßen Gedanken an solche Möglichkeiten konnte einem schwindelig werden. Ein freies Wochenende in ihrem schönen Hause, mehr nicht, wiederholte sich Sibylle im Stillen, während Cornelia Hayn ihr etwas von heute erstmals aufgetretenen Stillproblemen erzählte.

»Wenn Sie ein Stillproblem haben, sollten Sie aber keinen Alkohol trinken«, hörte Sibylle sich plötzlich sagen. »Das schadet Ihrem Lütten sicher mehr als ein kleiner Banküberfall.«

Wie gut, dass sie die strenge Stimme ihrer Mutter geerbt hatte.

Die junge Frau wurde rot. »Nur ein kleiner Piccolo, Sekt fördert den Milcheinschuss«, stotterte sie.

»Ha«, schnaubte Sibylle. «Alkohol ist Alkohol. Bi 'n Drunk erkennt man de Narr.«

Auch Gerdas strengen Blick hatte sie geerbt, mit dem sie Mutter und Tochter jetzt abwechselnd ins Auge fasste. Sie ließ die Worte wirken und wartete einen Moment ab, bevor sie nachsetzte.

»Warum flößen Sie Ihrem Kind den Sekt nicht gleich aus der Flasche ein, da hätten Sie Ihr Stillproblem am schnellsten gelöst!«

Es war immer wieder befriedigend für Sibylle, wenn sie sah, wie verwundbar schwangere Frauen und Mütter waren. Irgendetwas gab es immer, von dem sie glaubten, es falsch zu machen. Alle litten sie an irgendeiner vermeintlichen Schuld, die sie sich entweder schon selbst eingeredet hatten oder leicht einreden ließen. Ihre überwältigende Sehnsucht nach einem Baby zu Beginn ihrer Ehe hätte sie sich wirklich schenken können, und desgleichen später ihr Hadern, als sie wusste, dass Gernot zeugungsunfähig war und sie beide kinderlos bleiben würden. Auf Stillprobleme konnte jeder denkende Mensch wohl verzichten.

»Auf der Insel wird zu diesem Zweck Malzbier getrunken«, erklärte sie kategorisch.

Die stillende Mutter sackte sichtlich in sich zusammen. Auch die ältere Frau Hayn wirkte peinlich berührt. Ohne es zu ahnen, hatte Sibylle ins Schwarze getroffen. Wenn sie noch weiter stocherte, würden die beiden ihr bald Schweigegeld zahlen. Es stand Eins zu Null.

»Nun, mein Angebot steht. Kommen Sie gerne vorbei und schöpfen Sie in meinem Haus neue Kräfte. Sie werden sehen, mein Vater ist eine Seele von Mensch. Sehr kinderlieb, wissen Sie. Auch die anderen Gäste sind äußerst gepflegt und ruhig.«

In Wahrheit hatte sie zur Zeit nur einen einzigen weiteren Gast, einen ehemaligen Kollegen oder Sportsfreund von Gernot. Ganz schlau war sie aus seinen Erzählungen nicht geworden, der Mann hatte etwas Wirres und Geducktes an sich, ein Burn-out-Syndrom, hatte sie bei seinem Anblick gedacht. Aber Hauptsache, er zahlte und war mit seiner bescheidenen Kammer zufrieden; alles andere war ja völlig egal.

Mutter und Tochter dankten freundlich, sahen aber nicht so aus, als wollten sie dem Angebot folgen und sich ihr abendliches Quantum unter Sibylles Dach einflößen. Sie hatte gesiegt. Befriedigt machte sich Sibylle auf den Weg zu Kai Riepke.

9.

Nach der Trennung von seiner Frau war Kai in ein möbliertes Einzimmer-Apartment im Ortsteil Loog gezogen, gar nicht so weit vom *Haus Meeresleuchten* entfernt. Ihren Charakter als gemütliche Ferienwohnung hatte seine Bleibe allerdings eingebüßt. Auf dem Fernseher, dem Couchtisch und der Fensterbank standen Aschenbecher, die geleert und abgewaschen gehörten, und auf dem Fußboden stapelten sich eingestaubte Aktenordner und alte Zeitschriften, die Kai anscheinend irgendwann noch einmal studieren wollte. Ob das Sinn hatte, wenn sich die Aktienkurse genauso wie die Ergebnisse der Bundesliga schon längst wieder geändert hatten? Es roch nach Aftershave, Zigarettenrauch und Nasi Goreng aus der Dose. Dem armen Mann fehlte eindeutig ein weibliches Gegenüber. Und eine Putzfrau fehlte ihm auch – als die sich Sibylle jedoch nicht imaginieren wollte. Immerhin hatte Kai die Papiere auf dem Esstisch notdürftig an die Seite geschoben und für Wein und Nüsse gesorgt.

»Und, wie sieht's aus, Bylle, hast du das Geld gefunden?«, fragte er, während er ihr ein Glas Rioja einschenkte.

Sibylle pickte sich mit spitzen Fingern eine Cashew-Nuss aus dem Schälchen. Sie konnte es nicht leiden, wenn man ihren Namen abkürzte oder verballhornte, zumal Bille auf Plattdeutsch auch Arschbäckchen bedeuten konnte. »Kinner van Willen kriegen wat för de Billen«, hatte ihre Mutter immer geschimpft, wenn Sibylle ihren eigenen Willen hatte durchsetzen wollen. Aber das konnte Kai natürlich nicht wissen. Sicher meinte er es nur nett, wenn er sie mit dem vertrauten Spitznamen aus Jugendtagen anredete.

Sie zwang sich zu einem Lächeln. »Leider nein«, bedauerte sie. »Obwohl ich so ziemlich das ganze Haus abgesucht habe. Weiß der Düvel, wo er es diesmal hingetan hat. So dumm, dass er dasselbe Versteck benutzt wie letztens, ist er denn doch noch nicht. Und da habe ich ja auch nur einen winzigen Bruchteil seiner Beute gefunden.«

»Auf mich machte dein alter Herr einen äußerst gewitzten Eindruck. Und phantasievoll, zum Teufel. Ich dachte, mich trifft der Schlag, als ich ihn da hereinhüpfen sah. Mit diesem Tuch vorm Gesicht und seinem Käppi und diesen unmöglichen Gummischlappen. Er konnte kaum laufen in den Dingern, aber trotzdem strahlte er eine gewisse Würde aus, das muss man ihm lassen.«

Mit geübter Geste ließ Kai das Glas kreisen und schaute konzentriert in den dunklen, roten Wein, als sähe er Onno Petersen darin in Miniatur noch einmal den Kassenraum der Ostfriesischen Landesbank stürmen. Sibylle ergriff ihr Glas und prostete Kai zu, ohne sich um fachmännisches Schwenken und Schnuppern zu kümmern. Auch wenn sie einige Zeit im Rheinland unter Weintrinkern gelebt hatte – sie würde sich nie diese alberne Sitte zu eigen machen, derzufolge man mit dem Wein erst noch den Mund ausspülen und die Tonleiter rauf und runter gurgeln sollte, bevor man ihn trank. Nicht einmal, um Kai Riepke zu gefallen. Schlürfen und Schmatzen war ihrer Meinung nach etwas für ungehobelte Leute. Oder für Mümmelgreise mit morschem Gebiss, die vielleicht nicht mehr anders konnten.

»Wo hatte er seine – Beute denn letztes Mal deponiert?«, fragte Kai, nachdem er seinen Wein nach allen Regeln der Kunst gekostet hatte. Sibylle fiel zum ersten Mal auf, dass seine Zähne leicht bräunlich verfärbt waren. Kein Wunder. Wenn sie sich näher kämen, würde sie ihn als Erstes zur Zahnprophylaxe schicken.

»Im Bettkasten. In einem alten Kekskarton. Leider nur fünfzig von insgesamt dreieinhalbtausend Euro. Ich hoffe nur, dass ich den Rest auch noch finde.«

»Dreieinhalbtausend?« staunte Kai. »So viel würde er bei mir auf einen Schlag nicht bekommen.«

»Sag bloß, die Auricher Darlehenskasse hat mehr Geld in der Kasse als ihr?«

»Unfug, natürlich nicht. Ich hätte ihm einfach gesagt, dass man so große Summen am Tag vorher beantragen muss. Die Bestände sind zeitgesichert, blablabla, das weiß doch jedes Kind heutzutage. Ich versteh die Antje nicht. Das habe ich ihr übrigens auch schon zu verstehen gegeben. So einem alten Herrn kannst du doch alles Mögliche erzählen, ohne dass er es nachprüfen kann.«

»Wie gut, dass er heute bei dir war. Und dass du so schnell geschaltet hast«, seufzte Sibylle. »Ich bin dir wirklich dankbar, Kai. Das war echt nobel von dir.«

»Keine Ursache, Bylle. Ich habe die fünfhundert Euro einfach von seinem Konto abgebucht. So ist rein rechnerisch kein Loch in der Kasse entstanden.«

»Das heißt, ich muss dir das Geld jetzt gar nicht erstatten? Ich war extra am Automaten.«

»Nicht nötig. Du müsstest nur bitte noch die Auszahlung quittieren, damit alles seine Richtigkeit hat. Die Vollmacht für das Konto liegt ja vor. Wenn du bitte mal hier –«

Er zog ein Formular unter den Papieren auf dem Tisch hervor und schob es zu Sibylle hinüber. Auch einen Kugelschreiber hielt er für sie griffbereit. Während sie unterschrieb, ließ er wieder sein Weinglas kreisen. Unvermittelt brach er in Lachen aus.

»Ich stelle mir gerade einen Film vor, so einen alten

französischen Streifen in Schwarzweiß, über einen alten Herrn, der regelmäßig eine Bank überfällt. Sagen wir, immer dieselbe, und praktischerweise die, bei der er auch selbst ein Konto hat. Und es sind immer dieselben alten gezinkten und zerfledderten Scheine, die er nach Hause trägt. Freitags zieht er seinen Coup durch, und am Montagmorgen bringt seine Tochter das Geld wieder zurück. Und aus der Traum. Aber das ganze Wochenende über schwelgt der Alte in seinem immensen Reichtum, in seinem Glück.«

Sibylle lächelte säuerlich, wie der Adlatus des Bischofs im Fernsehkrimi. Als sie es merkte, bemühte sie sich, ihr Lächeln zu korrigieren.

»Tut mir leid, Kai, dass ich das nur bedingt komisch finde. Im Moment fühle ich mich, als lebte ich in genau diesem Film.«

»Sorry, ja, für dich ist das nicht so lustig. Aber an sich ist das doch eine herrliche Idee. In der Phantasie lass ich es immer gern ordentlich krachen. Und nicht nur da.«

Sibylle versuchte, den verführerischen Unterton zu ignorieren, den seine Stimme plötzlich angenommen hatte, und reichte ihm das unterschriebene Formular. »Vielleicht solltest du dich mit meinem Vater zusammenschließen?«

Kai schaute ihr jetzt direkt in die Augen. »Sagen wir, der Alte merkt gar nicht, dass seine Tochter das Geld jede Woche hinter seinem Rücken wieder erstattet. Er denkt, er hätte schon große Reichtümer angehäuft, über die er genau Buch führt in einer schmuddeligen Kladde. Mit dem Geld plant er eines Tages etwas ganz Verrücktes zu unternehmen. Oder – nein – eines Tages holt er sich überhaupt erst richtig das große Geld. Aber dann wird er selbst überfallen. Während seine Tochter von einer Romanze mit dem jungen, hübschen Kassierer träumt.«

»Du hättest Drehbuchautor werden sollen.«

»Regisseur, Bylle, das war mein Jugendtraum. Na ja, unterm Strich, kann man sagen, bist du ganz glimpflich weggekommen bei der Sache heute. Was sind schon fünfhundert Euro! Noch einen Schluck?«

»Nur einen ganz kleinen, dann muss ich mich auf die Suche nach meinem Vater machen.«

»Auf deinen alten Herrn, Bylle.«

»Zum Wohl, Kai.«

»Das mit der Romanze ist eigentlich gar keine so schlechte Idee, findest du nicht?«

»Immer noch der alte Charmeur, Kai Kahlkopp.«

Während sie ihr Glas leerte und Kai ihr schöne Augen machte, dachte Sibylle befriedigt, dass es Zwei zu Null für sie stand. Und da sie nun schon einmal dabei war und heute Abend offenbar allem sonstigen Unheil zum Trotz eine kleine Glückssträhne hatte, beschloss sie, auch noch Antje Augustin aufzusuchen und der jungen Frau deutlich die Meinung zu geigen. Dreitausendfünfhundert Euro so mir nichts, dir nichts herauszurücken! Sträflicher Leichtsinn war das gewesen! Was, wenn sich die Dinge nicht so zum Happy End fügten wie in Kai Riepkes Phantasie? Auf die Dauer konnte das teuer werden.

10.

Als er wieder zu sich kam, wusste Onno nicht sogleich, wo er sich befand und was mit ihm passiert war. Aber wer er war, das wusste er immerhin noch. Auch wenn er sonstwo zwischen Himmel und Erde schwebte – das war doch ein gutes Zeichen. Und auch die Tatsache, dass ihm alle Knochen zugleich weh taten, war positiv. Wenn sein gesamtes Gestell einheitlich schmerzte, bedeutete das, nichts war besonders gebrochen. Man musste die Dinge immer optimistisch betrachten, das machte das Leben leichter. Gefasst öffnete Onno die Augen und blickte ins Paradies. Durch das von unten graugrün schimmernde Blattwerk eines Erlenbäumchens fielen die letzten Strahlen des Tageslichts, schräg über ihm erhob sich ein blasser Mond. Er selbst fand sich zwar nicht auf Rosen gebettet, aber doch wenigstens auf Sanddorn und Brombeergestrüpp. Das zerstach ihm jetzt zwar Gesicht und Hände, hatte aber seinen Sturz lebensrettend gedämpft und ihn in seinem freien Fall gnädig aufgefangen. Während er sich langsam aufrappelte, verfluchte Onno das Hawaiihemd, durch dessen dünnen Stoff die Dornen ungehindert drangen. Für seinen nächsten Coup würde er sich eine dickere Kostümierung zulegen, so viel stand fest. Ein Taucheranzug vielleicht? Die Vorstellung, wie er mit Schnorchel und Taucherbrille vor diesem Norderneyer Schnösel stand und ihn zwang, seinen Beutel mit größeren Geldscheinen zu füllen, beflügelte ihn. Die Schwimmflossen nicht zu vergessen! Mit denen wäre er bestimmt nicht mehr an seinem Gang zu erkennen! Allerdings dürfte es schwieriger werden, mit dem Fahrrad zum Tatort zu fahren …

Abwechselnd fluchend und kichernd krabbelte Onno

aus dem Gebüsch. Nachdem er seine Knochen sortiert und festgestellt hatte, dass er tatsächlich unverschämtes Glück gehabt und sich nichts gebrochen hatte, stellte sich die Frage, wo das kleine Geldbündel gelandet war. Vor Schreck hatte er bei seinem Sturz zunächst noch mit seinem Stöckchen herumgefuchtelt, dieses dann aber geistesgegenwärtig weit von sich weg geschleudert. Nicht, dass er sich damit noch ins Auge stach oder auf die Nase haute! Leider war der Stock mitsamt dem aufgespießten Geldröllchen, wie sich jetzt zeigte, mit einigem Schwung ins tiefe Gebüsch geflogen. Die Alufolie glitzerte zwischen den Zweigen. Blixem noch eins! Aber es half alles nichts, er musste wohl oder übel noch einmal ran. Während Onno auf allen Vieren ins Unterholz kroch, dachte er, dass Unkraut so schnell nicht verging. Und dass der Mensch ganz schön etwas aushalten konnte bei seiner Jagd nach Reichtümern und seinem Streben nach Freiheit.

Was waren schon ein paar kleine Kratzer! Nicht der Rede wert. Fünfhundert Euro waren sein Startkapital, die fünfzig von neulich hatte er ja leider wieder abgeben müssen. Es reichte noch nicht zum Leben. Aber ein vielversprechender Anfang war es schon mal, und gewiss würde er sich im Laufe der Zeit weiter steigern.

11.

Von den Spülfeldern war er direkt zum Hafen gelangt, auf die neue Seebrücke, die das Hafenbecken zur Hälfte umrahmte. An ihrem Ende, zwischen Sportboot- und Gemeindehafen, erhob sich das neue Wahrzeichen der Insel, achtzehn Meter hoch und schon aus der Ferne zu sehen, ein Seezeichen und zugleich ein Aussichtsturm in der Form eines hohen, weißen Segels. Als sich das Fährschiff mit ihm an Bord der Insel genähert hatte, hatte er gedacht, dass diese trotz ihrer Größe doch elegante Skulptur die Anreisenden von weitem freundlich begrüßte. Nun ragte sie bedrohlich vor ihm empor. Fieberhaft überlegte er, welchen Ausweg es für ihn gäbe. Hinter ihm die hetzende Meute. Zu seiner Linken das Wattenmeer, vor ihm das Hafenbecken. Kaltes schlammgraues Wasser, das an die Mole schwappte. Zuflucht verhieß einzig und allein dieser Turm, der zugleich eine Falle darstellte. Wenn er es hinauf schaffte, würde er sein Verderben allenfalls um wenige Momente hinauszögern können. Um alsdann umso heftiger unterzugehen.

»An die Laterne mit ihm! An die Laterne!«

Das widerliche Geschrei hatte ihn fast erreicht. Er wusste, sie würden nicht lange fackeln. Oben aufknüpfen würden sie ihn und wer weiß wie lange dort hängen lassen. Zum Beweis seiner Niederlage und zur Abschreckung der Allgemeinheit. Er würde dem Seezeichen Konkurrenz machen und selbst zum Zeichen werden; bereits die Gäste, die mit dem nächsten Schiff anreisten, würden ihn baumeln sehen.

Obwohl er um die Gefahr wusste, in die er sich damit begab, hielt er auf den Turm zu und jagte die Stufen hoch, die zur Aussichtsplattform hinauf führten. Wenn er oben war, würde er weitersehen. Notfalls musste er springen.

12.

Während alle anderen schliefen, von Liebe und Reichtum träumten oder von Verfolgung und Untergang, lag Antje Augustin wach. Wieder einmal plagte sie ihr Gewissen, unbestechlich und unerbittlich, und ermöglichte es ihr nicht einmal, sich wenigstens in einem Nachtmahr auszutoben und auf diese Art und Weise auch zu erleichtern.

Was hatte sie nur getan! Nun, die Antwort war schnell gegeben. Kurz und bündig lautete sie: sich um dreitausendvierhundertundfünzig Euro bereichert. War sie inzwischen von allen guten Geistern verlassen? Und was machte sie jetzt mit dem Geld?

Das Gescheiteste wäre natürlich, Sibylle die Differenz, um die sie sie betrogen hatte, so schnell wie möglich zurückzugeben. So, wie sie es damals mit dem Handtuch gemacht hatte, das sie in Hamburg aus dem *Empire Riverside Hotel* hatte mitgehen lassen. Aber wie sollte sie Sibylle diesen peinlichen Vorgang erklären? Leider funktionierte eine solche Wiedergutmachung nicht anonym.

Antjes Problem war, dass sie immer alles richtig machte. Und selbst das war noch tiefgestapelt. Nicht nur machte sie stets alles richtig. Sie machte alles perfekt. Im Alter von zweiunddreißig Jahren, nachdem sie bereits zweieinhalb Jahre lang eine Psychotherapeutin auf dem Festland zu Rate gezogen hatte, hatte sie festgestellt, dass sie noch nie im Leben einen Fehler gemacht hatte. Und endlich hatte sie begriffen, dass es ausgerechnet diese Perfektion war, die sie daran hinderte, einen netten Mann kennenzulernen. Oder viel mehr, dass ihre Perfektion die netten Männer daran hinderte, sich jemals in sie zu verlieben. Natürlich wünschte sie sich nichts sehnlicher, als dass endlich einer käme, der sie erkannte und so liebte, wie sie nun einmal war. Aber die Menschen liebten nichts, was perfekt war. Und die Männer schon gar nicht. Gemeinsam mit ihrer Therapeutin hatte sie daher beschlossen, sich für eine Weile im Fehlermachen zu üben. Nicht nur hier und da einmal fünfe gerade sein zu lassen. Sondern bewusst und gezielt Dinge zu tun, die sich nicht gehörten. Kurzum, Fehler zu machen wie andere Leute auch.

Als erste Übung hatte sie, nach dem Auftritt ihrer Volkstanzgruppe beim Hamburger Hafengeburtstag, aus dem schönen Luxushotel an der Elbe ein Handtuch gestohlen. Perfekt wäre natürlich gewesen, wenn sie das größere, herrlich flauschige Badehandtuch genommen hätte, das hätte ein noch feineres Erinnerungsstück abgegeben. Doch dazu hatte ihr Mut nicht gereicht. Ein kleines Gesichtshandtuch musste den Anfang machen. Trotzdem wäre sie vor Angst beinahe gestorben. Als sie ihre Rechnung bezahlte, hatte sie nur noch verlegen zu Boden geschaut und sinnlose Worte gestammelt. Sie hatte dem Mann an der Rezeption einfach nicht in die Augen gucken können. Sicher hatte man ihr angesehen, wie sehr sie sich schämte. Sie hatte Blut und Wasser geschwitzt in der Erwartung, dass man sie jeden Moment auffordern würde, doch – bitte schön! – einmal ihren Koffer zu öffnen. Das bewusste Stück hatte fein säuberlich obenauf gelegen, ein Griff, ein Blick, und sie wäre geliefert gewesen. Als nichts geschah, hatte sie fast so etwas wie Enttäuschung empfunden. Warum hatte man sie nicht gleich an Ort und Stelle verhaftet? Stattdessen hatte der charmante Hotelangestellte ihr eine schöne Reise gewünscht und ihr lächelnd die Kreditkarte zurückgegeben. Zwar hatte sie dieses Lächeln nicht gesehen, geschweige denn erwidert, doch war er der Typ gewesen, der trotzdem lächeln würde. Für den Inhalt ihres Koffers interessierte sich der Mann nicht die Bohne. Genauso wenig wie für sie als Person; vermutlich war er überhaupt schwul.

Auf der Heimfahrt hatte das verbotene Handtuch ein Loch in ihren Koffer gebrannt. Ein Loch in ihr Selbstbewusstsein. Aber leider noch kein Loch in ihren Perfektionismus. Ihr Gewissen sagte ihr unmissverständlich, dass sie fehl gehandelt hatte und ihre unverzeihliche Tat dringend rückgängig machen musste. Oder war es gar nicht ihr tadelloses Gewissen gewesen, sondern lediglich die Angst, dass man das verschwundene Handtuch auf sie zurückführen, dass sie auffliegen könnte? Sei dem, wie es sei – nach ihrer Ankunft auf der Insel hatte sie als erste Amtshandlung eine große Versandtasche gekauft und das Handtuch zurück auf den Weg nach Hamburg gegeben. In einem Begleitschreiben hatte sie die versehentliche Mitnahme halbwegs plausibel zu erklären versucht. Und dann war sie mit neununddreißig Grad Fieber ins Bett gekrochen.

Als sie drei Tage später, verschwitzt und leicht dehydriert, wieder ins Leben zurück fand, hatte sie anderthalb Kilogramm an Gewicht verloren. Pro Tag ein Pfund, immerhin. Eine perfekte Diät. Aber nach wie vor fühlte sie sich krank und elend, wenn sie nur ans *Empire Riverside* dachte.

Gelegentlich allerdings wurmte es sie, dass sie auf

ihren freundlichen Brief, auf den sie solche Mühe verwandt hatte, nie eine Antwort erhalten hatte. Hätte sie die Leitung des Hotels innegehabt, so hätte sie veranlasst, dem reuigen Gast das fragliche Handtuch mit ein paar freundlichen Zeilen zurückzuschicken. Das wäre eine noble Geste gewesen und hätte das Missverständnis bereinigt, oder besser gesagt, das Missverhältnis geheilt. Aber so perfekt dachte außer ihr leider keiner.

Nachdem sich Antje lange genug von der einen auf die andere Seite gedreht hatte, beschloss sie, aufzustehen. Sie musste die dreitausendvierhundertundfünfzig Euro verstecken. Jeden Moment konnte Manfred Arning, der auf der Insel Dienst leistende Polizist, vor ihrer Tür stehen. Mit einem Hausdurchsuchungsbefehl in der Hand. Es ging nicht an, dass man dann in ihrer Wohnung Sibylles Geld fände. Sicher würden sich deren Fingerabdrücke darauf ohne weiteres feststellen lassen.

Es war ein dummer Fehler, dass sie nach Onnos albernem Überfall nicht sogleich einen größeren Betrag aus der Kasse genommen hatte. Dann hätte sie später Sibylles Sümmchen zurückgeben können und trotzdem Profit gemacht. Niemand hätte ihr diese Unterschlagung je nachweisen können. Selbst wenn man Onno jemals befragen würde. Der alte Mann könnte doch noch so beharrlich darauf bestehen, dass sie ihn mit fünfzig Euro abgespeist hatte – Aussage würde immer gegen Aussage stehen. Und wem würden die Leute wohl eher glauben, einem alten Kauz, der die Dummheit besessen hatte, die ADK ausrauben zu wollen, oder ihr, der tadellosen Bankangestellten?

Nein, nicht, dass sie Sibylle die dreitausendfünfhundert Euro abgeluchst hatte, war falsch. Der Fehler war, dass in der Kasse zuvor nur fünfzig Euro gefehlt hatten. Und das wäre ihr nachzuweisen.

Vielleicht war es gar nicht ihr schlechtes Gewissen, das sie keine Ruhe finden ließ, schoss es Antje durch den Kopf, während sie aus dem Bett glitt und in ihre Pantoffeln schlüpfte. Vielleicht war es in Wirklichkeit gekränkter Stolz. Zum ersten Mal in ihrem Leben hatte ihr Perfektionismus einen empfindlichen Dämpfer erlitten. Sollte die Sprache noch jemals wieder auf diese Angelegenheit kommen, bliebe ihr nichts anderes übrig, als gegen Sibylles Aussage anzutreten. In der Kasse hatten fünfzig Euro gefehlt; also hatte Sibylle ihr auch nur fünfzig Euro gegeben. Und die hatte sie ordnungsgemäß rückgebucht.

Wie gut, dass Sibylle, konfus, wie sie gewesen war und befangen in ihrer eigenen Verzweiflung und Scham, nicht daran gedacht hatte, sich das Geld bei der Übergabe quittieren zu lassen.

Wohin nun aber mit Sibylles Scheinen? Antje ergriff ihre Handtasche, die an der Garderobe im Flur hing, und nahm sie mit in die Küche. Sie zog das Geldbündel aus ihrem Schminktäschchen hervor, in dem sie es nun lange genug mit sich herumgetragen hatte, und sah sich unschlüssig um. Sollte sie das Bündel in eine Blumenvase legen? Oder die Zuckerdose? Nein, keine guten Ideen. Das waren klassische Alte-Frauen-Verstecke. In den Kühlschrank? Ins Tiefkühlfach? Da lagerten in den Fernsehkrimis gern mal verbotene Waffen. Oder auch Perlencolliers, überhaupt Schmuckvorräte. Auch das taugte nicht. Dort würde die Polizei, und also auch Manni, vermutlich als Erstes gucken. Und sie konnte auch nicht davon absehen, dass sich Lebensmittel im Kühlschrank befanden. Auch wenn es sich im Falle des Tiefkühlfachs nur um eine Flasche Köm und ein paar Eiswürfel handelte. Zwar hieß es immer, dass Geld nicht stinkt. Aber Geldscheine waren nun einmal unhygienisch. Wer weiß, wer sich mit diesen Scheinen schon alles eine Linie Koks in die Nase gezogen hatte, was für Bazillen daran klebten. Von Blut und Schuld ganz zu schweigen. Nein, der Kühlschrank kam nicht in Frage.

War es nicht lächerlich, was für Skrupel sie hegte? Wahrscheinlich war sie die letzte aufrechte Bankerin in diesem Land. Auf der Welt! Während ihre Kollegen andernorts in ganz anderen Größenordnungen dachten, derweil sie ihre Schäfchen ins Trockene brachten, sorgte sie sich wegen dreitausendfünfhundert Kröten. Dreitausendvierhundertfünfig, präzise gesagt.

Ihr Blick fiel auf das Regalbrett, auf dem neben einem Gesteck aus künstlichen Blumen ein paar Kochbücher standen. Sollte sie das Geld zwischen die Seiten eines der Bücher legen? Der Einfall war nicht so dumm. Aber nicht hier in der Küche. Die paar Kochbücher stachen zu sehr ins Auge, waren zu übersichtlich. Waren zu schnell einmal aus dem Regal gezogen. Schnell begab sie sich ins Wohnzimmer hinüber und betrachtete dort ihr Bücherregal. Hier, dieser französische Krimi. Fred Vargas. Derzeit ihre Lieblingsautorin, wenn sie jemand gefragt hätte. Doch leider fragte nie einer. Ein wunderbarer Roman. Und ein dickes Hardcover, für ihre Zwecke höchst nützlich. Sie zog das Buch hervor, klemmte das Geld hinter den Schutzumschlag und schob den Roman zurück ins Regal. *Fliehe weit und schnell.* Perfekt. Dass ein paar harmlose Geldscheine darin steckten, fiel bestimmt niemandem auf.

Bevor sie sich wieder schlafen legte, gönnte sich Antje Augustin in der Küche im Stehen einen Schluck aus der Flasche. Wenn schon Schlampe, dann richtig. Das eiskalte Gesöff, fast gänzlich zu einem großen Eisklumpen gefroren, brannte in ihrer Kehle. Ein seltsamer Widerspruch. Sie wusste natürlich, dass man Köm nicht im Eisfach aufbewahrte. Ein harmloser absichtlicher Fehler aus der Zeit, als sie noch nicht gewusst hatte, wie es war, wenn einem wirkliche Fehler unterliefen. Eigentlich schade, dachte sie, während sie einen kleinen Kömwürfel lutschte, der ihr aus der Flasche in die Kehle gerutscht war und an dem sie sich beinahe verschluckt hätte, schade, dass Manni Arning jetzt nicht vor ihrer Tür stand. Dass überhaupt niemand sie in diesem Moment sah. Die hätten sich alle gewundert. Und ihr vielleicht den Beweis auf die Probe erbracht, welch perfektes Versteck sie für diese Geldscheine gefunden hatte.

13.

Ein paar Tage waren ins Land gegangen. Tage, die relativ ruhig verliefen und in denen relativ wenig geschah. Onno Petersen hatte sich einmal mehr in der Kunst des Bankraubs erprobt und seine Technik weiter ausgebaut und verfeinert. Dieses Mal hatte er der Juister Vereins- und Darlehensbank von 1948 schräg gegenüber dem Rathaus einen Besuch abgestattet. Das hätte er mal gleich machen sollen, dachte er hinterher; deren Leiter, Jochen Hagedorn, hatte ihn jedenfalls besser verstanden als Antje Augustin und Kai Riepke zusammen genommen.

Endlich hatte er auch ein passendes Versteck für seine Beute gefunden, nachdem er die Idee mit dem Meisenkasten als ungeeignet verworfen hatte – im Nachhinein froh darüber, dass es ihm nicht gelungen war, das Geldbündel dort hinein zu versenken. Wie hätte er es je wieder daraus hervorholen sollen? So weit hatte er zu Beginn seiner Aktion nicht gedacht.

Als nächstes Versteck hatte er sodann die hohle Gardinenstange in seinem Zimmer ins Auge gefasst. Und überlegt, wie er ein Fädchen an der Geldrolle festmachen könnte, um sie bei Bedarf wieder herauszuziehen. Aber das hätte bedeutet, wiederum auf eine Leiter – oder wenigstens eine Stuhlkante – zu steigen. Nein, aus Erfahrung wurde man klug. Und deshalb hatte Onno in einem unbeobachteten Augenblick zum Tacker gegriffen und die Geldscheine kurzerhand flach unter dem Küchentisch festgetackert. Welch diebisches Vergnügen, wenn Sibylle ihm in diesen Tagen, ausgerechnet am Küchentisch sitzend, eindringlicher denn je ins Gewissen zu reden versuchte! Ohne es zu ahnen, strich sie mit der flachen Hand mehrmals oberhalb des Geldverstecks hin und her. Wenn seine Tochter das wüsste!

Dafür hatte Sibylle die in Frage stehende Summe hinter Onnos Rücken von seinem Sparkonto abbuchen lassen. Langsam bekam sie in dieser Übung Routine. Und in den damit verbundenen Berechnungen und Überlegungen auch. Wenn ihr Vater so weitermachte, wäre ihr Erbe in absehbarer Zeit aufgebraucht.

Zweimal hatte sie mit Frau Stövhase telefoniert und den Beschluss ihres Vaters bestätigt, zum nächsten Monatsbeginn aufs Festland zu übersiedeln und ins Heim einzuziehen. Der Heimleiterin gegenüber hatte sie so getan, als wäre ihr Vater von dieser Aussicht begeistert. In Wahrheit wusste er noch gar nichts von ihrem Plan. Der richtige Zeitpunkt, ihn damit zu konfrontieren, hatte sich nicht ergeben.

Was war noch Erzählenswertes geschehen? Jochen Hagedorn hatte zum ersten Mal in seinem Leben die

Erfahrung gemacht, wie es war, mit einer Schrotflinte bedroht zu werden. Da er sowohl von Kai Riepke als auch von Antje Augustin hinlänglich vorgewarnt war, war es ihm gelungen, den Vorfall, bereits während er geschah, von seiner lustigen Seite zu sehen. Und er hatte sich nicht lumpen lassen, schließlich wollte er nicht hinter Antje Augustin zurückstehen. Und es schadete auch nicht, bei dieser Gelegenheit einmal deutlich zu machen, dass Kai Riepke ein alter Knickermors war, wie alle Norderneyer. Im Vollgefühl seiner eigenen Großzügigkeit hatte Jochen dem alten Petersen fünftausend Euro und keinen Cent weniger über den Tresen geschoben. Wie gewünscht in kleinen gebrauchten Scheinen und nicht fortlaufend nummeriert. Noch jetzt musste er bei der Erinnerung daran lachen. Onno Petersen hatte aber auch eine zu lustige Figur abgegeben, in seiner schwarzen Motorradfahrerkluft – wo hatte er die nur aufgetrieben? – und mit dem ollen Gewehr in der Hand. Hätte nur noch gefehlt, dass er im Kassenraum der Bank herumgeballert hätte und der Putz von der Decke gerieselt wäre. Keine Frage, Jochen Hagedorn hatte etwas zu erzählen, und jedes Mal, wenn er einen neuen Zuhörer fand, schmückte er seine Geschichte noch ein wenig dramatischer aus. Er liebte es, wenn er vor Publikum sprechen konnte, und hatte wie üblich die Lacher auf seiner Seite. Etliche Leute suchten die Juister Vereins- und Darlehensbank von 1948 in diesen Tagen unter fadenscheinigen Vorwänden auf, nur um Jochen Hagedorns Geschichte zu hören. Je öfter er sie erzählte, desto gewisser stand für ihn fest: Von diesem Erlebnis würden ihm keine Alpträume bleiben.

14.

Er war der einzige Mensch auf der Insel, der jede Nacht von Alpträumen heimgesucht wurde, Marc-Oliver Reichert, ein Feriengast, der vor einigen Tagen aus Köln angereist war. Bei Lichte betrachtet war er allerdings kein Feriengast, sondern ein Mann auf der Flucht. Nur leider hatte er nicht mehr genug Bargeld besessen, um sich nach Südamerika abzusetzen. Oder in die Karibik zu fliehen, wo seine Chance, nicht aufgestöbert zu werden, größer sein dürfte und sein Überleben von Tag zu Tag erheblich billiger wäre. Aber sämtliche Kreditkarten waren gesperrt, nichts von dem, was einmal sein eigen gewesen war und was Marc-Oliver als Mann ausgemacht hatte, stand ihm noch zur Verfügung. An der Auffahrt Köln-Delbrück hatte er sich an die Autobahn gestellt und es dem Zufall und seinem einstmals so glücklichen Däumchen überlassen, wohin das Leben ihn spülte. So war er auf Umwegen nach Norddeich Mole geraten, und dort war es ihm als ein logischer Schritt erschienen, sich für sein vorletztes Geld eine Fahrkarte nach Juist zu gönnen. Den Rest hatte er nach seiner Ankunft auf der Insel in drei Dosen Corned Beef, einen *Küstennebel*-Flachmann und ein paar Packungen billiger Cracker investiert.

Nun war er hier gestrandet, hatte in der Pension *Meeresleuchten* Deckung gesucht. Der Name des Hauses war Marc-Oliver in Erinnerung geblieben, auch wenn er sich an den Kunden, der ihn einmal erwähnt hatte, kaum mehr erinnern konnte. Der Mann war nur einer von vielen, dessen Geld Marc-Oliver Reichert verzockt hatte, anstatt es, wie geplant, zu vermehren. Bis vom einstigen Wohlstand nichts mehr übrig geblieben war.

Aber dass *Haus Meeresleuchten* der Frau gehörte, mit der sein Kunde damals in Scheidung gelebt hatte, das wusste Marc-Oliver noch, und desgleichen, dass sie große Pläne mit der kleinen Pension gehegt hatte. Um ein Haar hätte er damals auch das Geld dieser Ex-Gattin in dubiose Projekte gesteckt, wenn diese nur auf seine Briefe geantwortet und von seinem Angebot, ihr Vermögen zu verwalten, Gebrauch gemacht hätte. Vielleicht erinnerte er sich nur aus diesem einzigen Grunde an sie? Weil sie nicht geantwortet hatte? Dass er nun ausgerechnet in ihrem Haus abgestiegen war, zeigte das ganze Ausmaß seiner Verzweiflung. Als er seinen Namen nannte, hatte er kurz gezögert. Aber Frau Petersen-Rodi schien sich an keinen Marc-Oliver Reichert zu erinnern; als er seinen Namen nannte, hatte sie nicht reagiert. Vielleicht hatte sie seine Briefe damals gar nicht gelesen? Und er musste sie ja nicht mit der Nase darauf stupsen, dass man ihn seit seinem zwölften Lebensjahr allgemein Marco genannt hatte.

Wenigstens jetzt wollte er sich wieder Marc-Oliver nennen, sein voller – und klangvoller – Name war das Einzige, was ihm noch geblieben war.

Marc-Oliver hatte noch keinen Plan dafür, wie er sich herausreden sollte, wenn die Stunde der Wahrheit käme. Wenn Frau Petersen-Rodi das ihr zustehende Geld für das Zimmer verlangte. Oder wenn man ihn am Strand nach seiner Kurkarte fragte. Kaum wagte er, auf der Insel spazieren zu gehen. Seiner Vermieterin gegenüber tat er so, als ob er die Kurtaxe längst bezahlt hätte. In Wirklichkeit besaß er keine drei Euro mehr. Von daher hätte er sich nicht mit der bescheidenen Kammer mit Dachschräge begnügen müssen, sondern hätte auch im *Kurhotel* in einer schicken Suite logieren können. Im Prinzip war es schließlich egal, wie hoch die Zeche war, die man prellte.

Vielleicht würde ihm irgendein Gericht, sei es auf

Erden, sei es am Jüngsten Tag, diesen Rest an Bescheidenheit einmal zugute halten? Steckte in ihm, allem Anschein zum Trotz, doch noch ein guter Kern? Ein Rest Anstand und Schamgefühl? Dafür hätte wohl kaum einer seiner Klienten auch nur ein Stückchen vom kleinen Finger ins Feuer gelegt.

Nun hockte er allabendlich auf der Bettkante in seiner Kammer und verzehrte sein bescheidenes Mahl. Er spülte die genau abgemessenen Bissen Corned Beef, zu denen er zwei, drei Cracker betont langsam zerkaute, mit Leitungswasser herunter, das er aus seinem Zahnputzbecher trank. Den Schnaps sparte er sich auf für noch schlimmere Zeiten. Wenn er den grünen Plastikbecher an den Mund setzte, der ihm signalisierte, dass auch Frau Petersen-Rodi mit der Verwirklichung ihrer Pläne noch nicht so weit gekommen war, wie sie es sich ersehnte, überkam ihn regelmäßig der Ekel. In seine Verachtung mischte sich ein Schuss Selbstmitleid. Richtig satt essen konnte er sich nur noch zum Frühstück. Wenngleich er die drei Brötchen (zwei Mohn, ein normales), die Scheibe Graubrot, das eine Spur zu hart gekochte Ei, den trockenen Aufschnitt und das von der Pensionswirtin eigenhändig verfertigte Brombeergelee kaum noch hinunterbrachte. Von Tag zu Tag würgte er länger daran. Aber unter ihren Argusaugen traute er sich nicht, die Reste als Proviant für den Tag einzupacken. Die Frau hatte etwas an sich, das jedem Mann auf Anhieb ein schlechtes Gewissen einflößte, ganz gewiss nicht nur ihm in seiner besonderen Situation. Aber ihm natürlich erst recht. Er saß in der Scheiße. War eine Unperson. Ein notleidender Banker. Zum Unwort des Jahres erklärt hatten sie ihn. Jemanden wie ihn durfte es gar nicht geben. Und bald würde es ihn auch nicht mehr geben, das war ja klar.

Aber eines hatte er sich versprochen. Er würde kämpfen bis zuletzt, bis zum bitteren Ende. Das war er sich schuldig. Solange sie ihn noch nicht totgeschlagen hatten, gab Marc-Oliver Reichert nicht auf. Vielleicht fand sich noch eine Lösung. Den *Küstennebel* hinunterzukippen und dann in die Nordsee zu gehen, wäre die Allerletzte.

15.

Die Erzählung von Onno Petersens drei Banküberfällen hatte die Runde auf der Insel gemacht. Hinter vorgehaltener Hand zunächst, allmählich aber immer offener und von Mal zu Mal mit größerer Liebe zum Detail ausgestattet. Seine phantasievollen Kostümierungen. Das verwegene Räuberzivil. Die furchterregende Maske. Sein rührend forscher Auftritt in einer Motorradfahrerkluft, die, je nachdem, wer die Geschichte erzählte, mal ein wenig zu groß, mal ein wenig zu klein für ihn war. Einige behaupteten, der Anzug gehöre ausgerechnet dem katholischen Pfarrer. Dieser hatte seinen Dienst auf der Insel erst zu Jahresbeginn angetreten, nachdem sein Vorgänger den Dienst quittiert und seine heimliche Liebe geheiratet hatte. Außer Onno hatten bislang nur wenige Eingeweihte gewusst, dass die geheime Leidenschaft des neuen Pfarrers einer alten Harley-Davidson galt, die in Norddeich Mole in einer Garage untergestellt war. Wie Onno an die Kluft des Pfarrers herangekommen war, war bislang, trotz mehrerer Anläufe, es zu ergründen, dessen Geheimnis geblieben, ebenso wie die Antwort auf die Frage, wo der alte Mann seine Beute versteckte.

Schließlich hatte die Kunde auch Manfred Arning erreicht, den auf der Insel Dienst leistenden Polizisten. Arning hatte sofort die Initiative ergriffen und die Vertreter aller drei betroffenen Geldinstitute in der Mittagspause zu einer Lagebesprechung auf seine Wache bestellt. Auch wenn Onno Petersen ein alter Insulaner war und er den eigenwilligen Mann persönlich kannte und mochte, so konnte man sein Verhalten natürlich nicht tolerieren.

»Und es will wirklich keiner von euch eine Anzeige erstatten?«, fragte er zum wiederholten Mal.

Diese Frage hatten Antje Augustin, Jochen Hagedorn und Kai Riepke bereits am Vortag verneint, als er sie der Reihe nach am Telefon zum jeweiligen Tathergang befragt hatte.

»Wir wollen doch nicht mit Kanonen auf Spatzen schießen«, meinte Jochen Hagedorn. Er sprach mit vollem Mund, während er an einem Bifi-Würstchen kaute. »Es handelt sich schließlich nur um einen harmlosen alten Mann.«

»Wieso sollten wir ihn anzeigen?« Auch Kai winkte ab. »Es ist ja kein Schaden entstanden.«

»Genauso ist es«, bestätigte Jochen und schob sich den Zipfel seines Würstchens in den Mund.

Antje Augustin errötete leicht und wich Arnings Blick aus, was der Polizist als Schüchternheit deutete, die er fälschlich auf sich bezog.

»Er hat nur sein eigenes Geld abgehoben, so sehen wir das«, bekräftigte Kai Riepke. »Zugegeben, auf eine etwas unkonventionelle Art und Weise. Aber jedem das Seine.«

»Alles schön und gut.« Arning zögerte. »Im Moment

sind noch nicht viele Feriengäste auf der Insel. Aber das ändert sich bald. In drei Wochen ist Ostern, bald beginnt schon die Hauptsaison. Ihr könnt sagen, was ihr wollt, die Touristen sehen da nicht einen harmlosen alten Mann vor sich, sondern einen gefährlichen Bankräuber mit einer Flinte. Ob er verwirrt ist oder nicht, spielt in dem Zusammenhang keine Rolle.«

Kai Riepke hob beschwichtigend die Hände. »Lassen wir doch die Kirche im Dorf, Manni. Zufällig weiß ich, dass Sibylle Petersen zum ersten April einen Heimplatz für ihren alten Herrn gefunden hat. Wir müssen nur noch die Zeit bis zu seinem Einzug dort überbrücken.«

»Sicher?«, fragte Arning.

Kai nickte bekräftigend.

»Okay.« Arning gab sich zufrieden. Wenn sich die Dinge so verhielten, konnte man wohl auch einmal anders als streng nach dem Lehrbuch handeln. Auf der Insel liebten sie unkonventionelle Lösungen. »Trotzdem ist und bleibt es eine verrückte Geschichte.«

Kurz überlegte er, ob er den anderen von seinem Lehrgang erzählen sollte, den er kürzlich besucht hatte. Zum Zwecke der Weiterbildung natürlich, aber auch, weil der Kurs in Wien stattgefunden hatte, der Hauptstadt des Bankraubs im deutschsprachigen Raum, so hatte er an Ort und Stelle erfahren. Auf einen Bankraub in Berlin kamen fast drei Banküberfälle in der österreichischen Hauptstadt. Bei der Aufklärungsquote hingegen verhielt es sich umgekehrt, einer Rate von dreißig Prozent in Österreich standen solide achtzig Prozent in Deutschland gegenüber.

Schade, dass die drei vor ihm Sitzenden keine Anzeige erstatten wollten, dachte Arning. Das hätte seinem Aufklärungsschnitt durchaus gutgetan. Schließlich konnte er bei diesen drei Überfällen jederzeit einen ordentlichen

Schuldigen präsentieren, das würde einer Aufklärungsquote von hundert Prozent entsprechen.

»Übrigens gelten Bankräuber allgemein als ein bisschen verrückt«, erläuterte er. »Aufgrund der modernen Sicherungsmethoden ist ja gar nicht mehr so viel bei einem Banküberfall zu holen. In einem Supermarkt oder auch einer Drogerie liegt in der Regel viel mehr Geld in der Kasse. Ein bisschen dumm ist der durchschnittliche Bankräuber eben auch. Er weiß nicht, wie er einen geklauten Laptop verticken oder gestohlenen Schmuck zu Geld machen könnte. Daher ist er auf Bargeld angewiesen, das er in der Regel aber sofort wieder investiert. In Glücksspiele etwa. Oder auch in die Tilgung seines Kredits – schließlich wird die nächste Leasing-Rate für sein Fluchtfahrzeug fällig.«

Alle lachten. Antje Augustins Wangen erglühten in einem tieferen Rot. Arning betrachtete sie lächelnd. Eine hübsche Frau, die eiserne Antje, wie die Männer sie unter sich nannten. Einige seiner Kumpel von der Freiwilligen Feuerwehr hatten eine Wette laufen, wer von ihnen sie als Erster flachgelegt hätte. Arning nahm an diesem Wettbewerb nicht teil, er war glücklich verheiratet und wollte es bleiben. Insgeheim aber ging er davon aus, dass er, wenn er es darauf anlegte, den Sieg davontragen würde. Die Gelegenheit wäre zur Zeit durchaus günstig gewesen, da seine Frau eine Kur im Schwarzwald machte und er Strohwitwer war. So legte er sich in Antjes Gegenwart etwas stärker ins Zeug, als er dies allein für Kai und Jochen getan hätte.

»Frauen tun sich meist als Zettelräuberinnen hervor«, sagte er.

Er merkte selbst, wie er mit seinem Wissen regelrecht prahlte. Hoffentlich nicht zu unangenehm? Aber er hatte so selten Gelegenheit, sich mit den höheren

Weihen seines Berufs zu befassen. Fahrradfahren ohne Licht, kleine Familienzwiste, entwendete Badehosen und geschmuggelte Zigaretten – Banküberfälle kamen auf der Insel nun einmal nicht vor.

»Die typische Täterin begeht ihren Überfall ganz ohne Waffe. Und übrigens kommt nur ein Banküberfall auf hundert Handtaschenraube.«

»So gesehen ist es sicher besser, dass er uns überfällt, als dass er unseren Frauen die Handtaschen klaut«, sagte Jochen. Er riss die Verpackung von einer weiteren Bifi-Wurst ab, zerknüllte sie und warf sie quer durch den Raum in Arnings Papierkorb. »Oder dir.«

Sieh an, auch Jochen machte Antje schöne Augen.

»So weit kommt es noch«, sagte Arning.

»Wehret den Anfängen«, murmelte Antje. Endlich hatte sie ihre Sprache wiedergefunden.

Arning zwinkerte ihr zu. »Ich werde in Zukunft verstärkt Präsenz auf der Straße zeigen«, versprach er. »Vielleicht übe ich ja eine abschreckende Wirkung auf Onno aus.«

»Jedenfalls ist das schon ein tolles Ding«, resümierte Kai Riepke. »Ich meine, wenn Bankräuber sowieso schon dümmer als andere sind …«

»Wieso sind die Österreicher eigentlich lottjer als wir?«, wurde er von Jochen Hagedorn unterbrochen.

Kai ging auf seine Zwischenbemerkung nicht ein.

»… so muss jemand, der hier auf der Insel eine Bank überfällt, vollends plemplem sein«, vollendete er seinen Satz.

»Weit kommt er in der Regel jedenfalls nicht.«

Manfred Arning rieb sich die Hände, und Antje Augustin verspürte eine kleine Erleichterung darüber, dass sie das fragliche Sümmchen zu Hause versteckt hatte und nicht mehr in ihrer Handtasche aufbewahrte. Das hätte gerade noch gefehlt, dass das Geld einem dieser hundert Handtaschenräuber, die bei Mannis Worten vor ihrem inneren Auge aufmarschiert waren, in die Hände gefallen wäre.

16.

Es war ein trüber Samstagmorgen, für die Jahreszeit viel zu kühl, sagte der Wetterbericht. Von ›Frühling lässt sein blaues Band‹- und ›Im Märzen der Bauer‹-Gefühlen weit und breit noch keine Spur. Trotzdem hatte sich Heidi Stövhase schick zurechtgemacht und das neue Frühjahrskostüm angezogen. Knalleng war es und knatschgelb, mit einem Kragen in kräftigem Violett. Die Farben und der Schnitt ließen sie, zugegeben, aussehen wie ein Osterei. Dennoch fühlte sie sich darin um mindestens zehn Jahre jünger.

Heidi Stövhase hatte einen Wochenendausflug auf die Insel geplant, und es war ihr lebenswichtig, bei dieser Unternehmung einen guten Eindruck zu hinterlassen. Bei ihrem letzten Telefonat am vergangenen Mittwoch hatte Frau Petersen-Rodi nebenbei die Bemerkung fallen lassen, sie wolle am Sonnabend zu Ikea aufs Festland fahren – »nach Deutschland«, wie die Insulaner es nannten – und einen neuen Kleiderschrank für ihren Vater besorgen. Das alte Trumm hätte sowieso ausgedient, vor allem aber würde es in seinem neuen Zimmer im Heim viel zu viel Platz einnehmen. Besser hätten sich die Dinge nicht fügen können! Die Petersen-Rodi würde also nicht weiter stören, wenn sie deren altem Herrn einen kleinen

Besuch abstattete. Die persönliche Ansprache ihrer Pensionäre war der Heimleiterin nun einmal wichtig.

Als die Fähre auf der Insel festmachte, verfluchte Heidi Stövhase kurzfristig die ihr angeborene Eitelkeit. In ihrem leuchtenden Kostüm war sie natürlich ein Blickfang. Ein gelbes Osterei musste an einem grauen Tag wie diesem unweigerlich auffallen, noch dazu inmitten des tristen Touristen-Einerleis, das sie umgab. Zünftige Anoraks mit nautischer Anmutung, Unisex-Regenjacken in gedeckten Farben, das Übliche. Die Zeiten der Friesennerze in ähnlich lebensfrohem Gelb, wie sie es heute gewählt hatte, waren schon lange vorbei. Und die Zahl der Leute, die sich an diesem Vormittag gemeinsam mit ihr anschickten, von Bord zu gehen, war überschaubar. Beim Verlassen des Schiffs zog sie sich die Krempe ihres ebenfalls knatschgelben Hütchens tiefer in die Stirn und suchte hinter ihrem Vordermann Deckung. Diesen vierschrötigen Kerl hatte ihr der Himmel geschickt. Sie wollte den Fremden als gutes Zeichen für alles, was sie für den heutigen Tag plante, betrachten. Denn sicher gehörte auch Frau Petersen-Rodi zu dem Grüppchen von Menschen, die drüben in der Ankunftshalle standen und auf das Fährschiff gewartet hatten. Sie konnte nur hoffen, dass die Frau sich angeregt mit einem Bekannten unterhielt und keine Veranlassung spürte, die Ankommenden eingehend zu mustern. Aber da sie selbst die Petersensche nicht sah, beschloss Heidi Stövhase, dass es umgekehrt auch ihr gelungen war, die Aufmerksamkeit der anderen nicht zu erregen.

Während der Überfahrt hatte sie den Ortsplan studiert und festgestellt, dass *Haus Meeresleuchten* außerhalb des Hauptortes lag, in den Suburbs sozusagen, wenn man städtische Maßstäbe anlegte. Ein Fußmarsch von mindestens einer halben Stunde, wenn nicht noch mehr, schätzte sie. Sie hätte besser doch nicht die neuen Pumps anziehen sollen. Aber es half nichts, wenn sie ein Taxi, das heißt eine Pferdekutsche nahm, würde sie nicht länger inkognito bleiben. Tapfer und betont unternehmungslustig schwang sich Heidi Stövhase ihren lila eingefärbten Kroko-Rucksack über die Schulter und marschierte los.

17.

Kai Riepke war bereits am Freitagabend nach Norderney gefahren, um seinen alten Herrn zu besuchen. Nun saßen Vater und Sohn einträchtig am Küchentisch, blickten brötchenkauend zum Küchenfenster hinaus aufs Watt und genossen den Luxus eines schweigsamen Samstagmorgenfrühstücks.

Erst als der alte Ubbo Riepke die obligatorische Vormittagspfeife schmauchte und ab und zu an seinem Sanddornlikör nippte, den er sich jeden Morgen nach dem Frühstück genehmigte, ergriff Kai Riepke das Wort. Nicht, dass sein Vater ihm einen Vorwurf gemacht hätte, wenn er weiter stumm dagesessen hätte. Genauso stillschweigend, wie er gekommen war, hätte Kai wieder abreisen können, sein Vater wäre mit seinem Besuch durchaus zufrieden gewesen. Aber ein wenig Kommunikation wollte er dem alten Herrn doch zukommen lassen. Das beugte angeblich der Demenz vor, so hatte er irgendwo gelesen, und auch wenn das nicht stimmen sollte – sicher hatte Bylle mit ihrem alten Herrn mehr als genug kommuniziert, ohne das es etwas gebracht hatte – so würde es zumindest nicht schaden.

»Erinnerst du dich noch an Onno Petersen«, schrie er seinem Vater ins Ohr.

»Was hast du gesagt?«, blaffte Ubbo in gleicher Lautstärke zurück.

»Onno Petersen«, schrie Kai. »Erinnerst du dich an ihn?«

»Ich hab nichts anzuziehen?«, brüllte Ubbo.

Kai schüttelte ungeduldig den Kopf. Er hätte nicht anfangen sollen mit dem Kommunizieren. Es brachte doch nichts. Aber nun hatte er sich einmal darauf eingelassen, nun musste er den Versuch auch mit Anstand beenden.

»O-N-N-O«, buchstabierte er. Er kam sich vor wie in einem Sketch von Loriot. »Der alte O-n-n-o, Vater! Ihr wart doch in einer Klasse!«

»Schrei mich nicht so an, Junge«, sagte Ubbo. »Im Krieg waren wir. Was ist mit ihm?«, setzte er argwöhnisch hinzu. »Ist er etwa gestorben?«

»Er hat meine Bank überfallen«, brüllte Kai.

»Er hat einen Knall? Hab ich immer gewusst. Haben die da drüben alle. Kein Grund, sich so aufzuregen.«

Es dauerte eine Weile, bis Ubbo begriffen hatte, was sein Sohn ihm mitteilen wollte. Dann allerdings verfluchte Kai vollends, dass er je angefangen hatte mit Onnos Abenteuern. Denn plötzlich konnte sein Vater gar nicht genug von seinen Erzählungen kriegen. Und plötzlich schien er auch gar nicht mehr so felsenfest der Meinung zu sein, dass Onno Petersen einen kleinen Dachschaden hatte. Mehrfach bat er seinen Sohn, den Ablauf der diversen Banküberfälle zu wiederholen, und von Mal zu Mal schien ihn eine noch größere Bewunderung für seinen alten Rivalen zu ergreifen. Aus dem einstigen Gegenspieler, über den Ubbo sonst gern die Nase gerümpft hatte – mehr als einmal hatte er Onno bei den Jahrestreffen der ostfriesischen Schützenvereine geschlagen – wurde plötzlich wieder der Kamerad.

»In Lederklamotten? Und mit einer Schrotflinte im

Anschlag? Und die hat ihm noch keiner weggenommen?«

Vor Begeisterung spuckte Ubbo die Worte seinem Sohn förmlich ins Gesicht.

Kai konnte nur hoffen, dass er seinen alten Herrn mit diesen Geschichten, mit denen er ihm lediglich die Zeit hatte vertreiben wollen, nicht noch auf eine Idee gebracht hatte. Insgeheim aber wunderte er sich, warum noch niemand auf die Idee gekommen war, dem alten Onno die Schrotflinte einfach wegzunehmen. Sowohl Sibylle als auch Manfred Arning hätten sie doch längst konfiszieren müssen. Aber vermutlich war das gute Stück überhaupt nicht geladen.

18.

Auch Onno hatte sich einen Likör eingegossen. Und der adretten Person, die ihm unverhofft gegenüber saß, ebenfalls. Er hatte ihren Namen wieder vergessen, vielmehr nicht richtig zugehört, als sie sich vorgestellt hatte, aber das machte nichts. Was bedeutete schon ein Name. Diese Frau war das Gelbe vom Ei, dachte Onno. Gleich im ersten Moment, als er sie vor seiner Tür stehen sah, hatte er an Eierlikör denken müssen. Er hatte sie zu sich ins Haus eingeladen, und jetzt saß sie an seinem Küchentisch. Zu putzig, wie sie mit der Zunge ihr Glas ausschleckte. Allein für einen solchen Anblick, so konnte man sagen, lohnte es sich zu leben. Nur gut, dass seine zänkische Tochter nach Deutschland gefahren war. Die Gelbe kam für ihn gerade richtig.

»Ich habe demnächst eine kleine Reise vor«, gestand er vage. Sie hatte ihn nach seinen Zukunftsplänen gefragt. »Wenn man nur ein Ziel hätte, das wäre natürlich besser.«

»Sie könnten ja mich besuchen, Onno«, sagte die gelbe Dame.

Onno traute kaum seinen Ohren. Sein Name klang so angenehm weich, wie sie ihn aussprach, und rundete sich so hübsch zwischen ihren zierlich gespitzten Lippen. Auf dem zarten Flaum über ihrer Oberlippe schimmerte noch ein Tropfen Eierlikör.

»Um Sie zu be-suchen, müsste ich Sie erst einmal suchen. Und finden«, scherzte er.

Heidi Stövhase lächelte. Sie hatte es doch geahnt. Von wegen, dement. Dieses Wort war oftmals nur ein Hilfsbegriff, pure Projektion, eine Krücke für törichte Kinder, die sich trösten wollten, wenn die störrischen alten Eltern nicht spurten. Heidi hatte einen anderen Blick auf die ihr anvertrauten verwirrten Leute. Wenn man ihre Anliegen ernst nahm, ihnen womöglich auch ein wenig entgegenkam, was einem schließlich manchmal auch nutzte, waren die Alten durchaus noch bei Trost. Wie zum Beispiel jetzt dieser entzückende Onno. Sie rückte näher an den alten Mann heran und blickte ihm tief in die Augen.

»Sie könnten sich in meinem Hause verstecken«, schlug sie vor. »Ich meine, nur für den Fall, dass Sie sich einmal verstecken wollen. Bei mir würde Sie bestimmt niemand suchen.«

»Und führe mich nicht in Versuchung«, deklamierte Onno, aber seine Stimme klang, als ob er in diesem Augenblick genau das Gegenteil dächte.

Heidi Stövhase leckte sich über die Lippen. Sie kramte in ihrem Rucksack und zog ein aprikosenfarbenes Kärtchen daraus hervor.

»Hier, meine Visitenkarte. Bewahren Sie sie gut auf und zeigen sie sie niemandem. Vor allem nicht Ihrer Tochter.«

Onno griff nach der Karte und hielt die Hand so weit es ging vom Körper weg gestreckt, um sie lesen zu können. Doch die gelbe Dame hatte, als sie ihre privaten Karten in Auftrag gegeben hatte, keine Rücksicht auf die Gebrechen alter Leute genommen. Selbst auf diese Entfernung hin war die Aufschrift immer noch zu klein gedruckt, als dass er sie hätte entziffern können. Trotzdem dachte er gar nicht daran, diese Karte je seiner Tochter zu zeigen. In seinem Hinterkopf keimte bereits eine Idee.

»Sie sind jederzeit willkommen bei mir«, wiederholte die gelbe Dame. »Ein ungewöhnliches Angebot, mögen Sie denken. Aber ungewöhnliche Menschen müssen zusammenhalten, finden Sie nicht?«

Ich würde sie gern küssen, dachte Onno. Merkwürdig, dass er noch einmal einen solchen Gedanken hegte! Nicht nur, dass er es je im Leben noch einmal tun, auch dass er es denken könnte, hatte er ganz vergessen. Ein zweiter Gedankenkeim gesellte sich zu dem ersten hinzu.

»Wir können es ja einmal versuchen, mit der Heimsuchung, meine ich«, zwinkerte er.

Die Frau strahlte ihn an. »Eine Heim-Suchung, das ist genial. Der Witz könnte glatt von mir stammen.«

Irgendetwas schien sie immens zu erheitern. Ihre gute Laune erfüllte Onno mit einem Glücksgefühl, das er schon fast nicht mehr kannte. Seit Jahren hatte er keine Frau mehr so zum Lachen gebracht.

19.

Nachdem Kai sich verabschiedet und auf den Heimweg gemacht hatte – oder wo immer es den Burschen hinzog an diesem Wochenende, das Privatleben seines Sohnes war kein Thema für ihn – kramte Ubbo Riepke in seinem alten Schreibtisch. Seit Ewigkeiten hatte er keinen Brief mehr geschrieben, jetzt aber war der Zeitpunkt dafür gekommen. Dummerweise besaß er gar kein Briefpapier mehr. Das einzige, was ihm geblieben war, war ein Stapel schwarz umrandeter Briefbögen, auf deren Vorderseite unter einem schwarzen Kreuz und einem Anker bereits ein paar Worte der innigen Anteilnahme gedruckt standen, sowie die dazugehörigen Kuverts, die ebenfalls mit einem schwarzen Rand versehen waren. Trauerbriefpapier. Nachdem die Zahl der Todesfälle in seinem Bekanntenkreis drastisch gestiegen war – Kais Mutter hatte vor Jahren den Anfang gemacht, Frauke, die dumme Trine –, hatte er sich einen Vorrat davon zugelegt. Es war zu unrationell, für jeden Todesfall einzeln eine Trauerkarte zu kaufen.

Konnte er ein solches Blatt für seine Zwecke benutzen, oder wäre das zu makaber? Ach, was soll's, dachte Ubbo. Hauptsache, Onno bekam die Post zu Gesicht. In gewisser Weise verlieh der schwarze Rand seiner Botschaft sogar einen halb-offiziellen Anstrich. Und vielleicht verhinderte er, dass ein neugieriges weibliches Wesen Onnos Brief unbefugt öffnete. Die Art und Weise, wie Kai von dieser Sibylle geschwärmt hatte, hatte in Ubbo tiefes Misstrauen hervorgerufen. Sicher ging es seinem alten – Kollegen, dachte Ubbo – genauso wie ihm. Im Moment wusste er nicht, wie er sein Verhältnis zu Onno sonst hätte benennen sollen, und Kollegen waren sie ja gewissermaßen, als Witwer. Auch in Onnos Bekanntenkreis dürften sich die Todesfälle wohl mehren. Eine Anzeige mehr oder weniger würde die Tochter, und mochte sie noch so aufdringlich sein, vermutlich kaum interessieren. Sicher hatte sie Besseres zu tun, als über das Ableben irgendwelcher Leute, die sie gar nicht kannte, auf dem Laufenden bleiben zu wollen oder gar Buch zu führen. Ja, dieses Trauerbriefpapier war perfekt. Hätte er es nicht sowieso schon besessen, spätestens jetzt hätte er sich welches gekauft!

20.

Weiter brachte das Wochenende keine nennenswerten Ereignisse mit sich. Ein paar Menschen waren mit besonderer Unruhe erfüllt, da sie Pläne geschmiedet oder damit begonnen hatten, sie in die Tat umzusetzen, und sich nun gedulden mussten, bis sich erste Ergebnisse ihrer Bemühungen zeigten und ihr Einsatz anfing, die ersehnten Früchte zu tragen. Andere waren im Gegenteil gerade froh darüber, dass gar nichts geschah. Sibylle Petersen-Rodi zum Beispiel. Sonntags hatten die Banken geschlossen, wenigstens einen Tag in der Woche gab es, an dem sie entspannen konnte.

Am Samstag hatte sie bei Ikea in Oldenburg einen recht gefälligen Kleiderschrank mit Spiegeltür erstanden, der direkt im Heim angeliefert werden sollte. Bis dahin waren es jetzt noch zwei Wochen. Allmählich hatte sie begonnen, die Tage bis zum Auszug ihres Vaters zu zählen. Der olle Griesert strahlte eine dermaßen gute Laune aus, dass es sie mit Argwohn erfüllte.

Welch ein Unterschied zu ihrem derzeitigen Feriengast! Der arme Herr Reichert hätte sich von ihrem Vater eine Scheibe abschneiden sollen, solch eine traurige Figur machte er. Depressiv geradezu. Schade, dachte Sibylle. Nun verirrte sich schon einmal ein Mann in ihr Haus, und dann war er so eine trübe Tasse. Die meisten alleinreisenden Gäste, die in ihrer Pension abstiegen, waren ältliche Frauen. Eingefleischte Junggesellinnen oder verbitterte Geschiedene, so wie sie selbst eine war. Und manchmal auch ganz lebenslustige Witwen. Ein einsamer Junggeselle fand den Weg nur selten zu ihr. Schon allein das war ein Grund, das Konzept ihres Hauses zu ändern.

Am Sonntagabend empfand Sibylle zum ersten Mal seit langer Zeit Langeweile. Was sollte sie auch mit sich anfangen, so allein, bei diesem Regenwetter? Normalerweise hätte sie im Fernsehen den *Tatort* geguckt, aber solange noch ihr Vater im Haus war, musste sie sich diesen Zeitvertreib wohl oder übel verkneifen. Wer weiß, ob Onno nicht aus einem Fernsehkrimi womöglich weitere Inspirationen bezog.

Wenn dieser Marc-Oliver Reichert nur ein bisschen geselliger gewesen wäre! Seinem Akzent nach schien er wie Gernot ein Kölner zu sein, aber den geselligen Rheinländer sah man ihm nicht mehr an. Nun ja, sie wollte nicht zu hart ins Gericht mit ihm gehen. Wer weiß, welche Schicksalsschläge der Mann jüngst erlitten hatte und weswegen oder wovor er hier bei ihr Zuflucht suchte.

21.

Er hatte sich aus dem Würgegriff des Dicken befreien können und war ihnen ein paar Meter entkommen, aber nach wenigen Schritten hatten sie ihn schon wieder geschnappt. Der Dicke nahm ihn in den Schwitzkasten, während der Dünne, ein langer Lulatsch, der ihn um Haupteslänge überragte, die rechte Hand in seinen Haarschopf krallte und seinen Kopf nach vorne drückte. Nein, nicht in die See! Oh Gott, der Schiffchenteich! Verzweifelt versuchte er, sich mit den Händen auf der kleinen Steinmauer abzustützen, mit der das Wasserbecken eingefasst war, und sich gleichzeitig nach hinten zu stemmen. Vergeblich! Es wollte ihm nicht gelingen, die Männer von sich abzuschütteln. Stattdessen rutschte er nur mit den Händen ab und schrappte schmerzhaft mit den Handgelenken und der Innenseite seiner Arme an der steinernen Kante entlang. Er sah gerade noch, wie sich das Wasser rot von seinem Blut färbte, im nächsten Moment wurde er mit dem Kopf unter Wasser gedückert. Hilfe, Luft! Warum half ihm denn keiner! Im Café auf der anderen Straßenseite saßen doch sicher Leute. Da saßen immer Leute und genossen den leckeren Kuchen.

Gerade, als er dachte, nun müsse er sterben, ließ der Druck nach und die Hand, die seinen Schopf gehalten hatte, gab ihn frei. Er tauchte auf, schnappte nach Luft, keuchte, weinte. Wollte sich aufrichten, um Hilfe rufen. Die Augen aufreißen. Doch da ging das Spiel wieder von vorne los.

Diesmal knallte er mit der Stirn auf den Boden des flachen Beckens. Während sich in seinem Kopf Schwärze ausbreitete, wunderte er sich, dass er immer noch etwas denken konnte. Welche Todesart sie sich wohl für ihn ausgedacht hatten? Ertrinken, Verbluten, Hirntrauma, Querschnittlähmung, Schädelbasis- und Genickbruch, was würde er dem Gerichtsmediziner bieten? Das wollte er unbedingt noch wissen, bevor er starb. So lange galt es durchzuhalten, dachte er, während der Dicke ihm sein Knie in die Nieren rammte und der Dünne seinen Kopf weiter unter Wasser gedrückt hielt.

22.

»Moin, Kai. Na, wie ist die Lage? Alles ruhig bei dir?«

Kai schaute erstaunt auf. »Moin, Herr Wachtmeister. Donnerwetter, du meinst es wirklich ernst und willst mich beschützen, was, Manni?«

Manfred Arning tippte an seine Mütze. Er hatte sich tatsächlich die Uniform angezogen.

»Ich hab ja gesagt, dass ich mal ein bisschen Präsenz zeige. Wir lassen uns hier doch nicht von unseren eigenen Tapergreisen terrorisieren!«

Kai winkte ab. »Ach, so schlimm ist es ja gar nicht gewesen.«

»Das sagst du jetzt. Aber stell dir mal vor, jemand von der Presse kriegt das spitz. Oder einer von diesen ungezählten Krimiautoren, die so gern auf der Insel wildern. Ich seh schon die Schlagzeilen vor mir. *Tatort Töwerland, ein Paradies für Bankräuber* und so weiter.«

»Nu mach mal halblang, Manni. Bislang hat Onno ja noch gar keine Beute gemacht. Die Bylle hat doch alles erstattet. Trinkst du einen Kaffee mit mir?«

»Nett von dir, Kai. Aber lass man gut sein, ich wollte dann auch weiter, zu Antje Augustin rüber.«

Kai lachte anzüglich. »Die Mühe kannst du dir sparen. Bei der ADK ist doch gar nix mehr zu holen. Die sind so was von pleite, sag ich dir. Nur weiß es die Antje noch nicht.«

»Meinst du ehrlich?«

»Aber logo mein ich das ehrlich, großes Banker-Ehrenwort.«

»Ha, das ist ja auch nur noch die Hälfte wert heutzutage.«

»Pass auf, was du sagst, Manfred Arning.«

»Nicht weiter persönlich gemeint, Kai Riepke.«

»Schon in Ordnung, Manni. Grüß die Antje von mir.«

23.

»Schönen guten Morgen, die Dame. Alles in Ordnung, hoffe ich?«

Antje Augustin schoss das Blut in die Wangen. Sie fühlte sich ertappt. Aber das war ihr auch schon vor ihren nicht ganz koscheren Transaktionen stets so ergangen. Es hatte wohl etwas mit ihrer Erziehung zu tun, sobald sie einen Polizisten in Uniform sah, bekam sie ein schlechtes Gewissen.

Sie bemühte sich, gelassen zu erscheinen. »Manfred, hallo! Ja, sicher, danke. Wieso, was sollte denn nicht in Ordnung sein?«

Manfred Arning stützte sich auf dem Tresen ab und beugte sich zu ihr vor.

»Keine Überfälle, keine Unregelmäßigkeiten? Kein unerlaubter Griff« – er blinzelte bedeutungsvoll mit den Augen – »in die Ladenkasse oder wie ihr es nennt?«

»Äh – nein-nein – alles wie immer.«

Zu dumm, wie ein kleines Schulmädchen war sie ins Stottern geraten. Dabei versuchte Manfred Arning doch nur, auf seine Weise mit ihr zu flirten. Dieser Polizist war auch nur ein Mann.

»Ich hatte ja versprochen, ein bisschen auf dich achtzugeben. Wehret den Anfängen, wie du ganz richtig gesagt hast. Onno hat sich nicht blicken lassen? »

»Wie lieb von dir, Manfred.« Endlich hatte sie sich wieder gefangen. »Darf ich dir einen Espresso anbieten?«

»Da sag ich nicht nein, Antje.«

Kurze Zeit später hatte Manfred Arning es sich neben ihr gemütlich gemacht. Er balancierte seine Espressotasse auf den Knien und tat sich an ihrer eisernen Ration Sanddorntrüffel gütlich, die sie aus ihrem Geheimversteck hervorgeholt hatte.

»Du hast dich schon ganz gut eingelebt hier, oder?«, stellte er fest. »Schneller als ich jedenfalls.«

Antje zwang sich, ihn anzulächeln. Manfreds Nähe war ihr unheimlich. Am liebsten hätte sie ihm alles gestanden, vom Handtuchklau in Hamburg angefangen bis hin zu den Geldscheinen, die verborgen hinter dem Klappentext in Fred Vargas' Roman lagen. Was hatte er eben gesagt? Sie musste sich zusammenreißen, durfte sich nicht gehenlassen. Manfred Arnings Besuch war ganz harmlos. Um sie ging es hier gar nicht. Es ging nur um Onno. Und außerdem gab es doch, weiß Gott, größere Lumpen als sie. Sie brauchte nur an ihre eigenen Vorgesetzten zu denken.

»Und Kai und Jochen?«, fragte sie. »Beschützt du die auch? Oder denkst du, der alte Onno wird mein Institut wieder als erstes aufsuchen?«

»Interessanter Gesichtspunkt«, sagte Manfred. »Ja, kann durchaus sein, dass er streng nach der Reihenfolge vorgeht. Daran hatte ich –«, er stutzte, bevor er den Satz beendete, »auch schon gedacht.«

Vermutlich hatte er genau das Gegenteil zugeben wollen und sich gerade noch rechtzeitig gebremst, dachte Antje. Allein schon, wie betont entspannt er sich jetzt zurücklehnte. Männer waren so leicht zu durchschauen. Man sah ihm förmlich an, was er jetzt dachte: Sollte Onno einen weiteren Überfall planen, würde er ihn todsicher wieder in der Auricher Darlehenskasse begehen. Solche Serientäter verfuhren immer schön stur nach dem gleichen Schema, waren einfallslos, leicht zu berechnen, jedenfalls für einen alten Hasen wie ihn …

»Tja«, sagte Manfred Arning, »wofür hat man schließlich an all diesen Lehrgängen teilgenommen? Letztes Jahr war ich bei einem Profiler aus Aurich im Kurs. Ich hör hier die Leute noch schimpfen, von wegen, ›du verschwendest bloß unsere Steuergelder‹ und so. Und wer weiß, was sie noch alles hinter meinem Rücken geredet haben.«

Antje bot ihm ein weiteres Trüffelchen an. Manfred Arning bediente sich und sprach weiter, während er kaute. »Was hab ich mir alles anhören müssen! Aber diese Investition, das werden sie hier irgendwann schon begreifen, hat sich gründlich gelohnt.«

24.

Hatte er tatsächlich geglaubt, er könnte eine Bank überfallen? Ausgerechnet hier, auf einer Nordseeinsel? Vielleicht begriff er erst jetzt wirklich, wie verzweifelt es um ihn stand, als er wieder hinaus ins Freie trat, sich mit zittrigen Händen an der hervorspringenden roten Backsteinkante im Mauerwerk festhielt und tief Luft schöpfte, während sich die Welt rings um ihn drehte und im nächsten Moment völlig auflösen würde. Wie ein Zombie war er in den Schalterraum der Auricher Darlehenskasse gewankt, das Teppichmesser, das er aus dem Werkzeugkasten seiner Gastgeberin – genauer gesagt, ihres alten Herrn – entwendet hatte, fest in der Hand, und ebenso fest entschlossen, die Frau, die hier arbeitete, als seine Geisel zu nehmen. Oh ja, er hätte ihr das Messer ohne zu zögern an den Hals gesetzt und sie gezwungen, eine bestimmte Telefonnummer zu wählen. Helikopter, Fluchtauto, Lösegeld – alle Optionen hatten ihm deutlich vor Augen gestanden.

Eine hübsche Frau, eigentlich, dachte Marc-Oliver, mit ihren üppigen lockigen Haaren.

Aber das schienen auch schon andere vor ihm bemerkt zu haben. Männer, die weniger verzweifelt waren als er, Typen, deren beschränkte Welt noch in Ordnung war und so schnell nicht entzweibrechen würde. Dieser Polizist hatte es sich tatsächlich hinter dem Schalter gemütlich gemacht, nachdem er seine Mütze auf dem beschäftigtenbedienten automatischen Kassentresor abgelegt hatte, ganz offensichtlich gewillt, hier für längere Zeit zu verweilen. Aus jeder Pore atmete er Selbstzufriedenheit. Während andere Leute zusehen mussten, wie sie das nötige Kleingeld zum Leben zusammenkratzten.

Allerdings hatte auch er einmal so dagesessen, locker und scheinbar entspannt und gleichzeitig immer zum Sprung bereit, immer auf dem Posten, im Vollbesitz seiner Kräfte; es war noch gar nicht so lange her.

Er hätte auf der Stelle kehrtmachen sollen, aber er hatte den entscheidenden Bruchteil einer Sekunde verpasst, und daher stand er plötzlich vor dem Schalter, eiligst bemüht, das Teppichmesser in der hinteren Hosentasche verschwinden zu lassen. Dabei hatte er sich in die Hand geschnitten, aber er hatte es trotzdem fertiggebracht, der Filialleiterin in die hübschen blauen Augen zu blicken und etwas vor sich hin zu murmeln, was hoffentlich wie »Herrje, nun habe ich meine Brieftasche vergessen ...« klang.

Und dann hatte er den Rückzug angetreten und war aus dem Schalterraum getaumelt, auf der ganzen Linie besiegt.

Und nun stand er hier und musste dringend weg, die Leute guckten schon. Eine alte Frau war stehen geblieben und fragte, ob sie ihm helfen könne. So weit war es mit ihm gekommen. Er schüttelte den Kopf, versuchte zu lächeln, wankte davon, ohne sich umzusehen.

Im Kurpark fand er sich wieder, wo er eine Weile auf einer Bank sitzen blieb und den Spatzen zuguckte, wie sie sich um einen Kanten Brot stritten. Da, wo er herkam, waren sie fast schon ausgestorben. Hier waren sie munter und vorwitzig wie eh und je. Nur mit dem für ihre kleinen Schnäbel und Krallen zu großen Stück Brot hatten sie ihre Probleme. Eine Erlösung, als endlich eine Möwe mitten zwischen die Spatzen stieß, dass sie auseinander stoben, und sich den Knust schnappte.

Marc-Oliver schaute auf und lachte, für einen Moment mit seinem Leben und seinem Unglück versöhnt, als das geschah, was einem wie ihm an so einem Tag wie diesem nun einmal geschehen musste. Die Möwe ließ einen Klecks fallen, genau in dem Moment, als sie über ihm schwebte, genau auf sein Haupt, mitten aufs Haar, dahin, wo es bereits anfing, sich zu lichten. Dann drehte sie bei.

Hätte sie ihn auf die Schulter getroffen, hätte er es vielleicht als ein Glücksomen ansehen können. Stattdessen überlief ihn ein kalter Schauder. Der Zeitpunkt rückte näher, unweigerlich, unerbittlich, er machte sich nichts mehr vor. Bald wäre es Zeit für den *Küstennebel*.

25.

»Hörst du, Vadding, jetzt sagst du mir endlich, wo du das ganze Geld hingetan hast?«

»Hä?«

»Das heißt nicht ›hä‹, das heißt ›wie bitte‹, Vadding!«

»Wie bitte, Vadding?«

Onno schaute seine Tochter mit der Unschuldsmiene an, die er vor Jahren für ein Theaterstück eingeübt hatte, bei dem er einen notorischen Ehebrecher gespielt hatte. Die Rolle war ihm auf den Leib geschrieben, leider war es aber bei der Fiktion auf der Bühne geblieben. Im echten Leben war er zu brav gewesen. Ein Pantoffelheld geradezu. Aber damit konnte nun Schluss sein.

»Das gibt doch gar keinen Sinn, was du da redest! Der Vadding bin ja ich, und du bist meine Zibille.«

»Tu nicht so, du weißt genau, was ich meine. Und von welchem Geld die Rede ist, weißt du auch.«

Ihre Stimme schnitt ihm schmerzhaft ins Hirn.

Schrecklich! Wieso hatte ausgerechnet er dieses Schrapnell in die Welt setzen müssen? Sibylles eklatanter Mangel an Melodie und Musikalität, von Feingefühl und Takt ganz zu schweigen, war natürlich Gerdas Erbteil. Und das war noch eine zusätzliche Ungerechtigkeit, dachte Onno. Zur Strafe dafür, dass er schon unter seiner Frau hatte leiden müssen – und Gott allein wusste, wie sehr, und noch dazu lange genug! – hatte sich das Schicksal den Scherz erlaubt, ihn mit dieser Tochter noch doppelt zu strafen. Dabei wäre der Himmel doch eigentlich verpflichtet gewesen, ihm zum Ausgleich für die olle Xanthippe ein nettes Mädchen zu schicken.

»Jochen Hagedorn sagte, er hätte dir fünftausend Euro gegeben. Die müssen ja irgendwo stecken.«

»Übrigens heißt das auch nicht, ›hör mal‹, Zibille! Das heißt, ›hör mal, bitte‹. Und nicht, ›jetzt sagst du mir, wo‹, sondern es heißt, ›bitte, wo‹, bitte sehr.«

Sibylle ließ sich nicht beirren. »Genau wie die fünfhundert von Kai Riepke ...«

»Pah, Riepke-Schniepke. Das ist doch dieser Norderneyer, der hinter allen Weibern her ist. Wieso eigentlich nicht hinter dir?«

»... und die dreitausendfünfhundert von Antje Augustin«, beendete Sibylle ihren Satz und holte tief Luft. »Jetzt sagst du mir – bitte sehr! - wo du das ganze Geld hingetan hast.«

»Einen Scheißdreck hab ich. Und die fünfzig Piepen von Antje-Schietmamsell hast du mir doch längst abgeknöpft und brav zurückgegeben!«

»Pfui, Vadding, ich bin enttäuscht!«

Sie starrte ihn an, als wolle sie gleich auf ihn losgehen. Eine solche Tochter brachte es fertig, ihren eigenen Vater aus seinem eigenen Haus zu verjagen. Oder herauszuekeln. Er hätte jetzt mit der Faust auf den Tisch schlagen, ein für allemal reinen Tisch machen müssen. Für klare Verhältnisse sorgen. Leider mangelte es ihm darin an Übung. Trotzdem gab er sein Bestes. Dieser Küchentisch hier war seine Bühne, und sie war sein Publikum.

»Überhaupt, ich hör immer Geld, Geld! Hast du kein anderes Thema, Zibille? Zu meiner Zeit haben sich die jungen Mädchen für die Liebe interessiert. Außer deiner Mutter, versteht sich.«

In ihrem linken Auge sah er ein verdächtiges Schimmern. Würde sich daraus etwa eine Träne entwickeln? Onno sah schnell zur Seite, schnaubte geräuschvoll durch die Nase und kratzte sich, da ihm sonst nichts einfiel, am Ohr. Wenn sie jetzt bloß nicht anfing zu heulen. Wenn sie heulten, wurde er immer schwach. Zum Glück widerfuhr es ihm nicht allzu häufig, da die Frauen dieser Familie nicht allzu nah am Wasser gebaut hatten. Aber vielleicht wäre das sogar besser gewesen, es hätte ihn abgehärtet.

Er pochte leise auf den Tisch und stützte sich ab, als er aufstand.

»Ich muss los. Hab auch zu tun. Trotzdem nett, mal wieder mit dir zu reden.«

»Moment mal, Vadding –«

Er tat, als hätte er sie nicht gehört, und schlurfte davon.

26.

Sibylle schnappte sich ein Küchentuch und fing an, wie wild den Herd zu polieren. Nach dem unergiebigen Gespräch mit ihrem Vater musste sie sich erst einmal abreagieren. Natürlich wusste sie, dass ihr Vater ein harter Brocken war, aber dass er sie derart würde abblitzen lassen, hatte sie doch nicht erwartet. Und dazu diese unverschämte Anspielung auf Kai! Zu unterstellen, Kai wäre hinter allen möglichen – Röcken, dachte Sibylle bei sich – her, nur nicht hinter ihr! Was nahm sich der alte Kröpel heraus! Und wie kam er überhaupt auf diese Behauptung? Dieser verdammte Prüllker, dass ihn der Düvel hole! Aber lange würde er sie nun nicht mehr drangsalieren.

Sie musste daran denken, was für nette Väter andere Leute hatten. Man sah sie nachmittags beim Kurkonzert mit ihren Frauen sitzen, und manchmal passten sie am Schiffchenteich auf ihre Enkelkinder auf, während die Frauen shoppen gingen oder sich sonstwie ein schönes Leben machten. Gepflegte ältere Herren waren das, mit dezenten Schnurrbärten, feine Großvatertypen mit einem freundlichen Lächeln in den Augen. Die kamen nicht auf die Idee, eine Bank auszurauben, sondern luden ihre Töchter regelmäßig zu Kaffee und Kuchen ein oder spendierten ihnen auch mal eine Reise nach Mallorca. Während sie sehen musste, wo sie blieb. Das Selbstmitleid überschwemmte sie in einer hohen Woge und durchtränkte sie ganz, und mit der nächsten Welle schwappte die Bitternis nach, eine grausame Mischung.

27.

Da Onno an diesem Morgen sich und seiner Tochter beweisen musste, dass er wichtige Dinge zu erledigen hatte, blieb ihm nichts anderes übrig, als zur Post zu schlurfen, den ganzen langen Weg vom Loog bis zur Friesenstraße. Ein Gewaltmarsch für ihn, aber ein durchaus sinnvoller Gang. Das Schiff hatte an diesem Vormittag bereits angelegt, und als er eintraf, war man gerade dabei, die Post auf die Schließfächer zu verteilen. Für ihn bedeutete das nur eine kleine Wartezeit von nicht einmal einer Viertelstunde, nicht der Rede wert. Allerdings hätte Onno liebend gern auch längeres Warten in Kauf genommen, alles, was ihm half, die nächste Begegnung mit seiner Tochter möglichst lange hinauszuschieben, war ihm willkommen. Aus demselben Grund war er ausnahmsweise zu Fuß gegangen und hatte nicht wie gewöhnlich das Fahrrad genommen.

Während er also geduldig wartete und sich an die Zeiten erinnerte, als er jeden, der hier arbeitete, gekannt und man bei solchen Gelegenheiten gern ein Schwätzchen gehalten hatte, fühlte er in seiner Hosentasche plötzlich etwas Hartes. Ein Stückchen Pappe? Ach ja, da steckte noch die kleine Visitenkarte, die gelbe Dame hatte sie ihm am Samstag geradezu aufgenötigt. Wenn er sich nicht irrte, hatte dieses Düvelswiev ihn zu sich nach Hause eingeladen, eindeutig und unmissverständlich. Zu seiner Zeit hatten Frauen sich anders verhalten. Blixems noch eins, darüber wollte er aber nicht gefühlsduselig werden, schließlich war es gut, dass diese Zeiten vorbei waren! Waren es nicht vor allem auch Gerdas Zeiten gewesen? Und die hätte jede gelbe Dame, die sich auch nur von weitem in seiner Nähe hätte blicken lassen, unbarmherzig vertrieben.

Wenn er nur die Adresse auf dem Kärtchen entziffern könnte! Und sich daran erinnern, woher er diese Person eigentlich kannte. Hatte es ihm die Gelbe erzählt, und er hatte es wieder vergessen? Oder hatten sie darüber gar nicht gesprochen? War sie stillschweigend davon ausgegangen, dass er es genauso wusste wie sie?

Egal, dachte Onno pragmatisch. Hauptsache, sie kannte ihn. Und er würde sie kennenlernen. Wichtiger als diese Fragen war, dass er ihre Adresse herausfand. Natürlich durfte Sibylle davon nichts bemerken. Dass er seine Tochter nicht danach fragen konnte, war klar.

Der Zufall kam ihm in Gestalt von Sibylles derzeitigem Logiergast zu Hilfe, der plötzlich direkt vor ihm stand. Vielmehr stand Onno dem jungen Mann plötzlich im Wege. Er kam sehr eilig in die Eingangshalle gestürmt und hätte Onno fast über den Haufen gelaufen. Warum mussten diese Heemkes es selbst noch im Urlaub so eilig haben? Das wussten sie selber nicht, dachte Onno. Er hatte nicht übel Lust, diesen Hebammsfent Mores zu lehren.

»Lasst eure Eile in Frankfurt oder Düsseldorf! Oder wo immer es ist, wo ihr euch an der Börse verspekuliert habt!«, grummelte er.

Sibylles Pensionsgast wurde blass. Er stotterte eine Entschuldigung und blickte verlegen zu Boden. So jung war er allerdings gar nicht mehr, dachte Onno flüchtig; er musste sich abgewöhnen, alles, was auch nur zehn Jahre jünger war als er, noch für jung zu halten. Die Fünfzig hatte der Mann sicher auch schon erreicht, und falls nicht, war er vorzeitig gealtert. Wegen seiner Eile vermutlich.

Onno zog die zerknitterte Karte aus seiner Hosentasche und hielt sie annähernd dahin, wohin der andere schaute. »Dafür muss Zeit sein«, sagte er. »Lies mal vor.«

28.

Marc-Oliver kniff die Augen zusammen und bemühte sich, die Buchstaben auf dem Kärtchen, das der Alte ihm vor die Nase hielt, zu entziffern. Sie hatten sich mit den Zahlen, die ebenfalls auf der Karte standen, verschworen und tanzten ihm vor den Augen. Es dauerte einen Moment, bis er das Geschriebene fokussieren konnte, und das lag nicht nur an seiner fortschreitenden Altersweitsichtigkeit. Ein heftiger Schwindel hatte ihn ergriffen. Nachdem er gestern bei der Auricher Darlehenskasse schmählich gescheitert war, hatte er sich für heute die Zweigstelle der Post vorgenommen. Auch da war schließlich Geld in der Kasse. In seiner Situation sollte er sich von den Banken emanzipieren.

Aber nun stand dieser Alte vor ihm und hielt ihn auf. Oder nein, er hielt ihn nicht nur auf, er würde ihn ganz abhalten von seinem Unterfangen. Sonst hätte Marc-Oliver doch auf der Stelle den Alten als Geisel genommen. Ihm das Teppichmesser an den welken Adamsapfel gesetzt. Und dann den Plan, wie gehabt, durchgezogen. Helikopter, Fluchtauto, Lösegeld. Der Plan war nicht schlecht gewesen.

Stattdessen gab er sich nun mit dieser albernen aprikosenfarbenen Visitenkarte ab und fragte sich, was so ein alter Knacker noch für Amouren hatte.

Heidi Stövhase, entzifferte er.

Er musste die Adresse mehrmals wiederholen, bis der Alte sie endlich korrekt memorierte – Marc-Oliver selbst konnte sie schon nach dem zweiten Vorlesen auswendig wiedergeben, ohne auf die Karte zu schauen. Und dann musste er auch noch hoch und heilig versprechen, nichts der »ollen Schitterbille« zu verraten, die eine wandelnde

Spaßverderberin zu sein schien. Endlich ließ Sibylle Petersens Vater ihn ziehen. Der alte Mann wandte sich seinem Schließfach zu, zog einen schwarzumrandeten Umschlag heraus und hatte ihr Zusammentreffen im nächsten Moment schon vergessen. Und das war gut so, dachte Marc-Oliver. Wenn der Alte ihn schon an seinem Vorhaben gehindert hatte, so bemerkte er wenigstens nicht, dass Marc-Oliver den Rückzug antrat, ohne irgendetwas erledigt zu haben.

29.

»Moin, Bylle.«

Kai hatte beschlossen, Sibylle während der Mittagspause einen Besuch abzustatten. Er traf sie auf den Knien in ihrer Küche an, wo sie dermaßen verbissen den Fußboden schrubbte, dass es beinahe unheimlich war.

Sie schaute kaum auf, als er hereintrat.

Kai ließ sich nicht beirren.

»Entschuldige, wenn ich so bei dir hereinplatze, aber die Haustür stand offen …«

Sibylle murmelte etwas vor sich hin, das mit viel gutem Willen »Moin, Kai Kahlkopp« bedeuten mochte. Es klang nicht ermutigend. Aber Kai kannte sich aus. Dieser Typ Frau wollte erobert werden.

»Hat sicher dein Vater offen gelassen? Macht meiner auch immer. Und hinterher hat man die halbe Nachbarschaft bei sich im Wohnzimmer sitzen und kann zusehen, wie man sie wieder los wird.«

Er lachte gutmütig.

»Ich wollte nur sagen, keine Schreckensmeldungen heute. Alles im grünen Bereich. Jedenfalls bei der OLBA.«

»Na, super.«

Kai beschloss, nicht auf ihren grimmigen Ton einzugehen, und antwortete bewusst fröhlich.

»Ja, nicht wahr! Finde ich auch.«

Sibylle hielt kurz im Schrubben inne.

»Soll ich jetzt schon dankbar sein, wenn mein Vater ausnahmsweise keine Bank überfällt?« Mechanisch nahm sie ihre Bewegung wieder auf. »So weit kommt es gerade noch.«

»Na ja, man kann die Dinge schon auch von ihrer positiven Seite betrachten. Ich wünschte, mein Alter würde mal ein bisschen Initiative zeigen. Ich meine, der sitzt doch bloß rum und raucht sich die Zähne gelb. Und duselt sich einen an. Und wenn ich ihn denn am Wochenende besuche, beklagt er sich über Langeweile. A propos, was machst du denn am nächsten Wochenende?«

Sibylle war inzwischen unter den Küchentisch gekrochen. Ihre Antwort klang dumpf darunter hervor.

»Böden schrubben, Heim einrichten«, hörte Kai.

Er ging in die Hocke, und als Sibylle rückwärts unter dem Tisch hervorkroch, hielt er seine rechte Hand schützend über ihren Kopf, damit sie sich nicht zu früh aufrichtete und womöglich gegen die Kante stieß.

»Danke, sehr aufmerksam«, murmelte sie, während sie ihren Oberkörper streckte und auf den Knien zum Sitzen kam. Zum ersten Mal, seit Kai ihre Küche betreten hatte, sah Sibylle ihn an.

Sie knieten jetzt dicht nebeneinander, nur getrennt durch den Scheuereimer. Kai nahm ihr sanft den Feudel aus der Hand und ließ ihn mit spitzen Fingern in das

Putzwasser gleiten. Er lehnte sich über den Eimer und beugte sich näher zu ihr. Während er sich mit der rechten Hand auf seinem Oberschenkel abstützte, strich er ihr mit der linken eine Haarsträhne hinter das Ohr. Dann hob er auch die rechte Hand und legte sie sachte um Sibylles Nacken. In ihren Augen bemerkte er ein verdächtiges Schimmern.

»Aber, aber«, lächelte Kai. »So schlimm ist es doch nun auch nicht.«

Als er ihren Kopf zu sich heranzog, nahm er wahr, wie sich eine Träne aus ihrem rechten Auge löste und über die Wange kullerte. Eine zweite würde auf der linken Seite gleich folgen. Es gab mehrere Möglichkeiten, dachte Kai. Er konnte ihr die Tränen entweder abwischen. Oder zusehen, wie sie in den Scheuereimer tropften. Während er sich für die dritte Lösung entschied, schoss es ihm durch den Kopf, dass er noch nie eine Frau geküsst hatte, die derart nach Schwermut, Schweiß und scharfem Scheuerpulver gerochen hatte. Ein verbotener, irgendwie altmodischer Geruch. Die Mischung hatte was, dachte Kai noch, dann hörte er auf zu denken.

30.

Es war nicht genug *Küstennebel* in der kleinen Flasche, als dass das Denken ganz hätte aufhören können. Es wurde nur gerade so weit betäubt, dass es noch schwerfälliger wurde. Noch weniger in der Lage, eine überraschende Wendung zu nehmen, geschweige denn fähig, zur Lösung eines Problems vorzudringen.

Stattdessen beförderte der Alkohol einen Alptraum ans Tageslicht, der sich gewaschen hatte. Und zwar gewaschen im wahrsten Sinne des Wortes, denn während Marc-Oliver noch in seiner Mulde am Rande der Dünen hockte und darauf wartete, dass der Taumel sich halbwegs legte – wie sollte er es sonst bis zur Wasserkante schaffen und darüber hinaus, ins tiefe Wasser hinein? – stieg der Traum direkt aus dem Meer. Es waren Zahlen und Buchstaben, die ihn heimsuchten, eine ganze Armee, und sie entsprang gar nicht seinem Unterbewusstsein, wie Armeen in Alpträumen es sonst zu tun pflegten, sondern quoll aus dem eisgrauen Schmutzwasser der Nordsee empor.

«Wir sind's!«, riefen die krummen, unansehnlichen Zahlen, die vorneweg marschierten. Zusammen ergaben sie einen dreistelligen Millionenbetrag. »Alle Zahlen, die du je geschrieben hast im Laufe deines ganzen missglückten Lebens!«

»Und auch die Zahlendreher«, skandierte ein weiteres Regiment.

Marc-Oliver mochte seinen Augen nicht trauen. Er stützte sich nach hinten ab und krallte seine Finger in den nassen, kalten Sand, während soeben die zehn Buchstaben, die seinen Vornamen bildeten, aus den Fluten auftauchten. In ihrer Mitte zerrten sie einen dünnen, schmallippigen Bindestrich hinter sich her. Die Lettern, die seinen Nachnamen bildeten, folgten ihnen auf dem Fuß, aber verkehrt herum, so wie er seinen Namen als Kind gern geschrieben hatte. TRECHIER. Diesen Spaß aus Kinderzeiten hatte er ganz vergessen. Aber was war das nur für ein verlotterter, salzverkrusteter Haufen!

Hinterdrein folgte ein Grüppchen gebeugter grauer Buchstaben, die sich einen Spaß daraus machten, sich gegenseitig anzurempeln und zu schubsen, so dass mal der eine, mal der andere von ihnen stolperte und zurück ins Wasser oder auf den Sandstrand stürzte. Wären sie in Reih und Glied aufmarschiert, hätten sie gemeinsam womöglich das Wort DISKONTSATZ gebildet. In diesem Moment war von ihrer einstigen Pracht freilich nur ein verstümmeltes DISKONATZ übrig geblieben.

Immer neue Zahlen wurden an Land gespült und schleppten sich an den Strand. Um ihnen Platz zu machen, waren die vorderen Einheiten ihm jetzt schon bedrohlich nahegerückt. Auch die, die zunächst in geordneten Formationen anmarschiert waren, näherten sich ihm wirr und völlig ungeordnet, Millionen- und Milliardenbeträge, Stellen hinter und vor dem Komma waren nicht mehr auseinanderzuhalten, sämtliche Einer-, Zehner-, Hunderter- und Tausender-Kolonnen hatten sich aufgelöst. Von der einstigen Schönheit der Zahlen war nichts mehr übrig geblieben.

»Wir waren mal gefälschte Bilanzen«, kicherten ein paar abgemagerte Exemplare. Einige von ihnen hatten extrem spitze Nasen und dazu unverhältnismäßig breite Füße.

»Wir haben gern auf großem Fuße gelebt!«

»Immer gut für Betrügereien!«

»Stets zu Diensten! Dachte etwa jemand, wir Zahlen könnten nicht lügen?«

»Deine geschrumpften Börsenwerte! Du erinnerst dich noch?«

»Dafür sind wir erhöht! Wir sind deine Leberwerte!«

»Wer seine Werte erhöht, der soll erniedrigt werden!«

So schrien und geiferten sie wild durcheinander.

»Und wir sind dein Blutdruck nach Riva-Rocci.«

»Systolisch und diastolisch.«

»Und diabolisch, hähä!«

Einige beleibte Buchstaben verschafften sich unhöflich Vortritt. SNOB, las Marc-Oliver, bevor ein heruntergekommenes dünnes U, das nur zu offensichtlich einmal bessere Zeiten gesehen hatte, durch die geschlossenen Zahlenreihen nach vorne kroch und sich zwischen die behäbig hin und her wackelnden Buchstaben drängelte. Es stieß unablässig unflätige Flüche aus, aber mit seiner Unterstützung tanzte nun das Wort BONUS unmittelbar vor Marc-Olivers Augen.

Das räudige U stürzte sich als Erstes auf ihn. Und dann war der Bann gebrochen, und auch für die anderen gab es kein Halten mehr. Sie rückten ihm auf die Pelle und packten ihn, und sie johlten und stampften, während andere ihn schon ergriffen und in die Mangel nahmen. Ein feister Dreisatz zerrte ihn Richtung Wasser. Marc-Oliver wusste nicht, ob er sich aufrappeln und zu kämpfen oder zu fliehen versuchen sollte, oder sich im Gegenteil gerade schwer machen, damit sie ihn möglichst nicht von der Stelle bewegten. Aber letztlich war es völlig gleichgültig, ob er noch denken konnte und zu einer Entscheidung gelangte. Sie waren dermaßen in der Überzahl, dass es ihm so oder so nichts genützt hätte. Mit wildem Triumphgeheul stießen sie ihn vor sich her.

»Wir sind deine Kontonummern.«

»Deine Nummernkonten, jetzt haben wir dich!«

»Hähä, deine Schweizer Garde ...«

Er konnte sich nicht mehr wehren. Die Zahlen, so dünn und schwächlich sie einzeln erscheinen mochten, waren ihm überlegen. Gemeinsam waren sie stärker als er, und gemein waren sie auch. Oh, wie sie es genossen, ihr grausames Spiel mit ihm zu treiben! Kurz vor der Wasserkante ließen sie ihn los, so dass er in den Sand stürzte. Ein paar Zahlen, die einmal eine Bedeutung in seinem Leben gehabt haben mochten, an die er sich im Moment jedoch nicht erinnern konnte, setzten sich ihm ins Genick. Mit ihren spitzigen Füßen drückten sie seinen Kopf nach unten. Er biss in den Sand, schluckte, spuckte und würgte. Während er nach Luft rang, weil der Sand ihm Mund und Nase verstopfte, hörte er ihr gehässiges Johlen. Plötzlich gaben sie ihn für einen Moment wieder frei. Im nächsten Moment aber würden sie ihn erneut drangsalieren und ihn dann in den Priel hineinjagen.

Es war einerlei. Er wusste ja, dass er ins Wasser wollte, dorthin, wo es am tiefsten war. Und wo es keine Zahlen mehr gäbe.

Gebeugt unter der Last der auf ihm reitenden, ihm die Sporen gebenden fetten Milliarde kroch Marc-Oliver Reichert ins Meer.

31.

Nach der Arbeit beschloss Antje Augustin, einen Spaziergang am Strand zu machen. Sie musste ihre Gedanken ordnen, ihre Gefühle vielmehr, denn die Schuld, die sie empfand, würde sie mit bloßem Nachdenken nicht in den Griff bekommen. Und auch nicht ihre Angst. Außer vor dem Überführtwerden fürchtete Antje sich auch davor, allein in ihre Wohnung zurückzukehren. Dort, das wusste sie genau, würde sie den Zwang verspüren, wieder und wieder ein gewisses Buch aus dem Regal zu ziehen, um das darin befindliche Geld zu zählen. Es zog sie unbändig an, beherrschte sie mit einer Macht, gegen die sie nichts ausrichten konnte. Wie oft war sie allein in der vergangenen Nacht aus dem Bett geschlüpft und zum Bücherregal hinübergeschlichen!

Was bezweckte sie eigentlich mit diesem ewigen Zählen und Noch-einmal-Zählen? Da war doch nicht etwa eine Instanz in ihr, die allen Ernstes befürchtete, das Geld wäre plötzlich verschwunden? Das wäre ja Unsinn, darauf müsste sie im Gegenteil doch gerade hoffen. Schließlich wäre es eine Erlösung für sie, wenn sich mit dem Geld auch all ihre Probleme gefällig in Luft auflösten. Verbarg sich in irgendeinem Hinterstübchen ihres Unterbewusstseins womöglich ein Schalk und flüsterte ihr ein, dass auch dieses Geld sich vermehrte, während Antje Augustin träumte und schlief?

Diese Fragen galt es gewissenhaft zu erforschen, und für solches Ordnen und Prüfen der eigenen Ziele und Zwecke war das Meer immer gut. Aber was hieß hier schon ordnen und prüfen! Alle Gedanken, die sie quälten, galt es abzuschütteln und den Wellen zu übereignen. Das Meer war so groß und weit, um alles, alles,

alles in sich aufzunehmen. Es würde auch diesen Kummer fraglos für sich behalten. Und der Wind würde ein Übriges tun und ihren Kopf so herrlich leer fegen, dass nichts mehr bliebe von ihren Ängsten und Sorgen.

Tabula rasa.

Und dann, wenn man heimging, ein neuer Start.

Antje blieb stehen und schaute auf die scheinbar endlose, graue, bewegte Fläche. Wie tröstlich war diese Größe. Freiheit. Und Ewigkeit. Das war es, was das Meer ausstrahlte, eine Verbundenheit mit dem All, die Entgrenzung in Raum und in Zeit. Am meisten liebte sie die Grauzone zwischen Himmel und Wasser, diesen Übergang, bei dem man nicht hätte sagen können, ob man schon Himmel sah oder noch Meer. Oder umgekehrt. Sie konnte verstehen, dass es Menschen gab, die süchtig danach wurden, den Horizont zu erreichen. Angeblich ging es dort, so verhieß es jedenfalls ein Lied, hinter dem Horizont immer noch weiter. Ob das auch für sie zuträfe? Dass sie, egal, wie weit sie sich auch vorwagte, nie an ein Ende gelangen würde, solange sie nur nicht aufgab? Und bevor sie den Horizont je –

Plötzlich durchfuhr sie ein Schrecken. Da war doch ein Mensch! Und kämpfte um sein Leben! Oder täuschte sie sich? Sie kniff die Augen zusammen, blinzelte eine der Tränen fort, die der Wind ihr immer wieder hineintrieb. Ein graues, sich bewegendes Etwas inmitten einer grauen, sich bewegenden Masse. Da, schon wieder, ein weißlicher Fleck! Ein Gesicht, eine Nase, die aus den Wellen ragte? Tatsächlich, in all dem Tosen und Brodeln ein verlorenes Winken. Eine Hand, die sich nach ihr ausstreckte mit letzter Kraft, eine Hand, der sie ihre Hand reichen musste.

Lieber Gott, lass es keinen Menschen sein, betete Antje Augustin. Und wenn, dann lass ihn nicht vor meinen Augen ertrinken. Das wäre einfach ungerecht, wenn ausgerechnet ich tatenlos zusehen müsste …

Im nächsten Moment hatte sie ihr Handy gezückt und wählte die Notrufnummer.

32.

Als er wieder zu sich kam, wusste er nicht, wo er sich befand. Sein Kopf war ein Klumpen aus Blei, jeder Atemzug schmerzte. Aber er lebte offenbar noch, und die Zahlenregimenter waren verschwunden.

Er ließ eine Weile verstreichen, bis er es wagte, die Augen aufzuschlagen, erst das linke, dann auch das rechte, langsam, vorsichtig, gefasst auf das Allerschlimmste. Aber der Schock hielt sich in Grenzen, um ihn herum herrschte ein Dämmerlicht, das war durchaus erträglich. An der Wand über ihm nahm er ein Bild mit einer dahingetupften Dünenlandschaft im Stil der französischen Impressionisten wahr. Er selbst lag offenbar auf einer Wohnzimmercouch, zwischen pastellfarbene Decken und Kissen gebettet. Am Fußende seiner Liegestatt saß eine fremde Frau und hatte sich – trotz der zugezogenen Vorhänge – allem Anschein nach in den Klappentext eines Buches vertieft. Wie aufmerksam, dass sie das Zimmer extra für ihn abgedunkelt hatte.

Hübsch sah sie aus. Wie ein Engel, mit ihren üppigen lockigen Haaren.

Jetzt bemerkte die Frau, dass er aufgewacht war, und schaute zu ihm herüber. Hastig klappte sie das Buch zu und schob es hinter sich zurück ins Regal.

Er versuchte zu lächeln. Das klappte sogar.

Auch die Frau lächelte. »Wie geht es Ihnen?«

Er versuchte zu antworten, aber das klappte noch nicht. Ein unappetitliches Gurgeln entwich seiner Kehle. Seine Luftröhre schmerzte, als hätten sich spitzige Zahlenpiraten mit Enterhaken darin festgeklammert.

»Wie … wo …«

Er gab nur sinnloses Gestammel von sich. Die Frau schien ihn trotzdem zu verstehen.

»Pscht. Sie dürfen sich nicht anstrengen. Aber machen Sie sich keine Sorgen, es wird alles gut.«

Sie war aufgestanden und kniete neben ihm nieder. Ganz langsam näherte sich ihre Hand seiner Stirn.

»Habbo Schwips kam gerade noch richtig.«

»Wo … wer …«

»Der Chef der Life-Guards am Strand. Der hat Sie rausgezogen. Ihnen das Leben gerettet. Wenn er nicht gewesen wäre …«

Sie sprach den Satz nicht zu Ende, sondern schaute ihm nur in die Augen. Ihre Hand auf seiner Stirn war angenehm kühl. Und weich fühlte sie sich an, er hatte ganz vergessen, wie weich Frauenhände sein konnten.

»Ich bin Antje Augustin«, sagte sie. Auch ihre Stimme klang weich. »Habbo wollte Sie ins Krankenhaus bringen, aber es ist doch Ehrensache, dass ich Sie hier bei mir behalte und Sie persönlich pflege. Ich hoffe, es ist Ihnen recht?«

Marc-Oliver schaffte es zu schlucken. Er nickte.

»Im Krankenhaus stellt man Ihnen nur dumme Fragen. Hier können Sie erst mal zur Ruhe kommen, ohne dass jemand etwas von Ihnen will. – Ich hatte lange keinen Besuch hier«, fügte sie unvermittelt hinzu.

Er nickte noch einmal. Mit einem Schlag war die Erinnerung wieder da. Das Bewusstsein seiner Niederlage.

Sein gesamtes Vermögen war futsch. Immerhin besaß er aber noch die Fähigkeit, klar und logisch zu denken.

Seltsam, dachte er. Eben noch hatte er sterben wollen, aber von einem Moment zum nächsten, ohne dass man hätte sagen können, wie so etwas kam, hatte ihn die Lebenslust wieder ergriffen, zusammen mit einem verblüffenden Wissen. Ohne jeden Sinn und Verstand, hoffnungslos, unheilbar und ohne Aussicht auf Rettung hatte er sich in diesen Engel verliebt. Bestand vielleicht, so, wie sie ihn anschaute, doch noch ein Fünkchen Hoffnung für ihn?

33.

Am Mittwochmorgen war Onno früh auf den Beinen. Sein erster Kontrollgriff, als er aufwachte, galt seinem geheimen Geldschatz, der jetzt unter dem Kopfkissen verborgen lag. Er hatte den Beutel bereits am Dienstagabend aus seinem Versteck unter dem Küchentisch hervorgeholt und über Nacht tief und fest auf seinem Reichtum geschlafen. Seinem ruhigen und wie üblich traumlosen Schlummer hatte das keinen Abbruch getan.

Froh und erwartungsvoll schlüpfte er in seine Kleider. Seine Pläne für diesen Tag erforderten keine besondere Kostümierung. Dennoch nahm er sich Zeit, um sich extra sorgfältig anzuziehen, und hatte sich nicht ohne Grund für die gute Sonntagshose entschieden. Zwar schlotterte sie ein wenig und musste mit Hosenträgern befestigt werden, aber das fand er nicht problematisch. Es verlieh seinem Aussehen einen besonders jugendlichen *–Touch*, nicht wahr, so hieß doch das Zauberwort heute.

Das Schiff ging um viertel nach neun, perfektes *Timing* für seine Pläne. Na, wer sagte es denn, auch dieses war eines von den neumodischen Wörtern, die er spielend verwenden konnte. Auch wenn Zibille etwas anderes dachte, er war noch kein altes Eisen. Bis seine Tochter allerdings begriffen hätte, dass er nicht wie gewohnt zum Frühstück herunterkäme, wäre er fast schon in Norddeich Mole.

Vor dem Spiegel spuckte Onno einmal kurz in jede Hand und strich sich dann mit den Handinnenflächen über seine spärlichen Haare. Er war durchaus zufrieden mit dem Kerl, der ihm aus dem Spiegel entgegenblickte. Er konnte sich immer noch sehen lassen, war immer noch fesch. Das würde auch die gelbe Dame nicht umhinkommen zu bemerken. Auch in ihren unergründlichen Augen – waren sie grün gewesen? – würde sich ein flotter Kerl widerspiegeln.

Zufrieden mit sich und der Welt packte Onno seinen mit Fell bezogenen Rucksack, den alten Affen, der ihn schon als junger Pimpf begleitet hatte, und stopfte seine Geldbeute, eine alte Zahnbürste und je zwei Unterhosen und Hemden sowie zwei Paar Strümpfe zum Wechseln hinein. Zum Glück fiel ihm gerade noch rechtzeitig der Reisepass ein. Das Dokument war seit acht Jahren abgelaufen, stellte er fest, als er den Pass zufällig öffnete. Aber das machte nichts, er würde ihm trotzdem gute Dienste leisten. Die Hauptsache war doch, Sibylle fand ihn nicht mehr. Sollte sie ruhig glauben, ihr Vater wäre nach Miami gefahren.

Zu guter Letzt holte Onno seine Flinte aus dem Schrank, vergewisserte sich, dass sie nicht geladen war, und hängte sie sich über die Schulter.

34.

Als Kai Riepke an diesem Morgen die Tür zum Schalterraum der OLBA aufschloss, schwante ihm nichts Gutes. Vor dem Eingang der Ostfriesischen Landesbank hatte Onno Petersens alte Klapperkiste im Fahrradständer gestanden. Zwar war weit und breit keine Spur von Onno, aber wenn der alte Drahtesel bereits hier abgestellt war, würde auch dessen Besitzer nicht lange auf sich warten lassen. Die Aussicht, dass Onno ihm einen erneuten Überraschungsbesuch abstatten wollte, ließ sein Herz nicht gerade höher schlagen. Aber sei es, wie es sei, was immer der Alte auch aushecken mochte, er würde schon mit ihm fertig werden.

Kai verbuchte es als seine eigene Leistung, dass er durch den Anblick des Rades bereits vorgewarnt war. Weder erschrak er, noch verspürte er auch nur den geringsten Anflug von Angst, als Onno um eine Minute nach neun tatsächlich die Bankfiliale betrat. Er war der erste und glücklicherweise einzige Kunde.

Erst im nächsten Moment, als Kai Riepke direkt in die Mündung von Onnos Schrotflinte blickte, begannen seine Knie zu zittern.

»Du weißt, ich brauch Geld, Riepke-Kniepke«, sagte Onno. »Also her mit dem Zaster und keine Fisimatenten.«

Während er sprach, hatte Kai den Anflug von Aufregung schon wieder besiegt. Eine kleine Irritation, nichts weiter. Es gelang ihm, das Zittern nicht bis zu seiner Stimme vordringen zu lassen, und dann war es auch in den Knien schon wieder verschwunden, genauso schnell unterdrückt, wie es ihn überkommen hatte. Von diesem alten Tölpel ließe er sich doch nicht ins Bockshorn jagen!

»Wie viel brauchst du?«

»Alles, was du hast«, antwortete Onno.

Kai Riepke raffte Geldbündel und Scheine zusammen und schob sie zu Onno hinüber.

»Das ist alles, was da ist. Mehr ist noch nicht in der Kasse um diese Uhrzeit.«

Onno antwortete nicht. Er stopfte die Scheine in seine Jackentasche und trat den Rückzug an, seine Flinte nach wie vor auf Kai Riepke gerichtet.

»Besser, du verzichtest darauf, den Alarm auszulösen. Und lass die Finger von meiner Tochter. – Das rate ich dir unter Männern, weil ich es gut mit dir meine«, setzte er noch hinzu, als er das Grinsen sah, das sich auf Kais Gesichtszügen ausbreiten wollte.

Verblüfft blickte Kai dem alten Mann hinterher. Die gesamte Aktion hatte kaum eine Minute gedauert.

35.

Sibylle Petersen-Rodi saß an ihrem Küchentisch und wusste nicht, was sie machen sollte. Da ihr dergleichen nur äußerst selten passierte, war sie zusätzlich noch stärker verunsichert, als andere Leute es in ihrer Situation wohl gewesen wären. Sowohl ihr alter Vater als auch ihr derzeitiger Feriengast waren plötzlich verschwunden. Hatten sich über Nacht verdünnisiert, in Luft aufgelöst, sie wusste nicht, wie sie es nennen sollte. Und noch weniger, was davon zu halten war.

Die Frage stellte sich natürlich, ob jeder einzeln verschwunden wäre oder ob die beiden gemeinsam die Mücke gemacht hatten.

Nachdem die Männer nicht zu ihren gewohnten Zeiten zum Frühstück erschienen waren, hatte sie zunächst ein paar Mal dezent an die Zimmertür ihres Gastes geklopft und schließlich hineingesehen. Das Bett war unberührt, so wie sie es gestern Morgen gerichtet hatte. Das Gepäck des Mannes stand noch ordentlich da. Kein Zechpreller, dachte Sibylle beruhigt. In diesen Zeiten konnte man ja nie wissen.

Sodann hatte sie sich ein Herz gefasst und bei ihrem Vater nach dem Rechten gesehen. Mit einem mulmigen Gefühl hatte sie seine Kammer betreten. Was, wenn er gestorben war über Nacht? Mit so etwas musste man rechnen in seinem Alter. Fast war sie ein wenig enttäuscht gewesen, als sie die Wahrheit begriff. Der Vogel war ausgeflogen.

Eine Weile hatte sie damit verbracht, das Zimmer ihres Vaters gründlich und systematisch zu durchsuchen. Dabei hatte sie festgestellt, dass sein Rucksack fehlte. Und desgleichen der Reisepass, den er seit Jahren nicht mehr benötigt hatte. Zuletzt, wenn sie sich richtig erinnerte, bei einem Ausflug nach Ost-Berlin vor mindestens zwanzig Jahren. Hatte ihr Olling tatsächlich sein Vorhaben wahr gemachen, nach Miami zu türmen?

Gewiss würde er nicht weit kommen, so beruhigte sie sich.

Sie überlegte, ob sie telefonieren sollte. Vielleicht hatte er das Schiff um neun Uhr fünfzehn genommen? Jemand müsste ihn in Norddeich Mole in Empfang nehmen und ihn überreden, wieder nach Hause zu kommen.

Und wenn sie Heidi Stövhase darum bat? Die Heimleiterin war doch fast schon verantwortlich für ihren Vater.

Je länger Sibylle darüber nachdachte, desto besser gefiel ihr diese Idee.

Nach kurzem Nachdenken überwand sie ihren Stolz

und wählte die in den vergangenen Tagen schon fast vertraut gewordene Nummer.

36.

Onno Petersen wunderte sich nicht, als die Gelbe am Hafen stand. So etwas kam vor unter Menschen. Eine besondere Verbindung, eine Strömung zwischen den Herzen, eine Seelenverwandtschaft von Mann und Frau. Telepathie. Und dass diese Frau eine Töwerhex war, hatte er ja gleich geahnt, natürlich im guten Sinne. Als hätte sie auf ihn nur gewartet, so stand sie da, sein persönliches Empfangskomitee, mit einem bezaubernden Lächeln nur für ihn auf den Lippen.

Zwar hatte er sich ihre Adresse genau eingeprägt und hätte auch allein hingefunden, aber es war doch unvergleichlich viel angenehmer, einfach in ihr Auto zu steigen, einen alten Buckelsaab in britischem Racing-Green, und sich von der jungen Frau durch die Landschaft kutschieren zu lassen. Er war lange nicht mehr auf dem Festland gewesen, die Welt kam ihm riesengroß und verändert vor. Allein diese vielen Autos! Und wie schnell sich die Menschen bewegten! Dieses Tempo war er nicht mehr gewohnt. Auch die Gelbe – zwar hatte sie heute eine grüne Kombination angezogen, trotzdem wollte Onno bei dem einmal für sie gefundenen Namen bleiben – flitzte in einer Weise über die Landstraße, dass ihm Hören und Sehen verging.

Es dauerte nicht lange, da waren sie schon in ihrem

Heim angekommen. Mit rasantem Schwung parkte sie den Wagen in einer Art Laube vor einem kleinen gläsernen Bungalow ein, hinter dem sich ein großer Kasten aus rotem Backstein erstreckte.

»Willkommen in *Ragnarök*«, sagte die Gelbe. »Der Name mag Ihnen nicht ganz passend erscheinen, aber er hat sich so ergeben. Einer meiner Pensionäre hat ihn einst –«

Sie biss sich auf die Lippen und sprach nicht weiter, als wäre es ihr peinlich, dass sie außer ihm noch andere Pensionsgäste bei sich aufnahm. Dabei war daran doch nun wahrlich nichts Ehrenrühriges. Im Gegenteil, umso größer war nur die ihm erwiesene Gunst. Ihn und keinen anderen hatte sie als ihren ganz persönlichen Gast zu sich eingeladen.

»Meine Frau hatte auch immer Pensionsgäste«, sagte er. »Und jetzt hin und wieder auch meine Tochter.«

»Pensionsgäste, ja natürlich!«

Die Gelbe lachte fröhlich. Wie bezaubernd es klang.

Sie schnappte sich seinen Rucksack, hakte Onno unter und tröstete ihn mit dem Hinweis, dass sie gleich da wären.

Aber ja, natürlich, daran hatte er überhaupt nicht gezweifelt. Der Bungalow lag doch hier vorn. Und so taperig war er schließlich noch nicht, dass er nicht ein paar Schritte selbst laufen konnte.

Onno straffte seinen Rücken und bemühte sich um einen schwungvollen Gang. Sie würde schon merken, dass er noch mithalten konnte. Gern hätte er auch seinen Rucksack persönlich getragen; dass er ihn ihr überließ, war nur ein Zeichen seines besonderen Vertrauens, das würde sie schon noch begreifen.

Zu seinem Erstaunen ließ sie den Bungalow rechts liegen und führte ihn auf einem kleinen Pfad durch den

Garten daran vorbei, direkt zu dem großen Backsteingebäude hinüber.

»Keine Sorge, lieber Onno – ich darf doch Onno zu Ihnen sagen? Ihr Zimmer liegt im ersten Stock, sehr leicht zu erreichen. Da haben Sie eine schöne Aussicht auf meinen Garten.«

Also doch nicht in ihrem Haus? Onno antwortete nicht. Er wollte sich die Enttäuschung nicht anmerken lassen.

Andererseits – sicher war es so besser. Schließlich war sie eine diskrete Person, nahm Rücksicht auf die Nachbarn und das, was die Leute sagten. Es durfte sie nicht kompromittieren, das verstand sich von selbst.

Onno warf der gelben Dame einen wissenden Blick zu und zwinkerte mit den Augen. Schöne Aussicht auf ihren Garten und sehr leicht zu erreichen – das sagte schließlich schon alles.

37.

Nachdem Onno mitsamt seiner Beute von dannen geschlurft war, hatte Kai Riepke erst Manfred Arning anrufen und dann natürlich auch Sibylle verständigen wollen. In diesem Moment aber war eine erste Kundin in die Bank getreten, gefolgt von zwei weiteren, und bis diese drei nicht mehr ganz jungen Grazien mit der umständlichen Abwicklung ihrer Bankgeschäfte fertig gewesen waren, hatte er sich gegen den Notruf entschieden. Womöglich sähe sich Manfred gezwungen, offizielle Maßnahmen einzuleiten; das galt es unbedingt zu vermeiden. Er musste Sibylle schonen. Am besten war doch, sie regelten diese Sache weiterhin unter sich. Vertraulich. Schließlich war der alte Onno alles andere als ein gewohnheitsmäßiger Schwerverbrecher. So traurig, besser gesagt, unangenehm sein Verhalten für die arme Bylle auch war, richtig ernst konnte Kai diese Überfälle nicht nehmen.

Nun war seine Mittagspause gekommen. Der beste Zeitpunkt, Onnos gebeutelte Tochter persönlich zu informieren. Inzwischen hatte Kai auch überschlagen, wie viel Geld er Onno in die Hand gedrückt hatte. Als er das Ergebnis seiner Berechnungen vor sich hin murmelte, lockerte er unwillkürlich seine Krawatte.

Dreiundzwanzigtausendfünfhundertundachtzig Euro. Dunnerlittchen! Er musste vor sich selber zugeben, dass dieser Betrag bei seinem Verhalten wohl auch eine Rolle spielte, vermutlich hatte die Höhe der Summe überhaupt den Ausschlag für sein Zögern gegeben. Sibylle würde alles andere als begeistert von ihm sein. Aber was hatte er machen sollen? Auch wenn er persönlich so gut wie keine Angst verspürt hatte – eine Flinte war eine Flinte.

Ein Trost war, dass diese, nun ja, Abhebung durch Onnos Ersparnisse immer noch gedeckt war. Zwar ginge das Geld, wenn er so weitermachte, in näherer Zukunft zur Neige, aber mehr als drei oder vier solcher Unternehmungen würde der Alte aller Voraussicht nach nicht mehr verüben. Bald schon kam er ins Heim. Und was sollte er bis dahin mit all diesem Geld noch groß machen? Binnen kurzem würde Sibylle es ihrem Vater doch wohl wieder abnehmen können. Und er würde ihr dabei helfen.

Als Kai Sibylles Nummer wählte, spürte er, wie sein Herz bis zum Hals klopfte. Natürlich waren an seinem Herzrasen nicht nur diese unangenehmen Geldangelegenheiten schuld. Es waren Gefühle im Spiel, er hatte Gefallen an Sibylle gefunden. Sie entsprach so ganz und gar nicht dem Typ, mit dem er sonst anzubändeln pflegte. Kai mochte die Frauen gern etwas weicher und anschmiegsamer. Sibylle hingegen hatte Haare auf den Zähnen, er verstand durchaus, wovor Onno ihn warnen wollte. Aber wenn man oft genug auf einen bestimmten Weibchentyp hereingefallen war, konnte eine Abwechslung in dieser Hinsicht nicht schaden. Allein schon, wie Sibylle ihn gelegentlich Kai Kahlkopp nannte, brachte sein Blut in Wallung. Und die Erinnerung an ihren Duft …

Scheuerpulver, dachte Kai. Verrückt. Es hatte ihn wirklich erwischt.

In diesem Moment meldete sich Sibylle am anderen Ende.

»Vadding?«, rief sie aufgeregt in den Hörer.

»Nein, hör mal, ich meine, ich bin's, Sibylle!«

Zu dumm! Er hatte sich auch schon einmal eleganter gemeldet.

»Ja?«

Ihre Stimme klang barsch. Nicht gerade ermutigend für das, was er loswerden musste.

»Also, Kai ist hier.«

Kai stotterte eine Weile sinnlos herum, bis er es endlich schaffte, Sibylle reinen Wein einzuschenken. Als er das Gespräch beendete, war er schweißgebadet. Und desgleichen seine Krawatte, die er im Eifer des Gefechts mit seinem Taschentuch verwechselt und mit der er sich wiederholt den Schweiß von der Stirn gewischt hatte. Kai Riepke schloss die Augen und presste seine Nase in den Stoff. Geld stinkt doch, dachte er widerwillig. Längere Zeit verharrte er so, regungslos, mit geschlossenen Augen. Erst, als der erste Kunde am Nachmittag ungeduldig an die Eingangstür der Ostfriesischen Landesbank hämmerte, kam er wieder zu sich, tauchte auf wie aus weiter Ferne. Er knüllte den Schlips zusammen und warf ihn in den Papierkorb, bevor er die Tür öffnete.

38.

Dreiundzwanzigtausendfünfhundertundachtzig Euro! Sibylle konnte es nicht fassen. Nicht nur, dass dieser Törfkopp sich eine derart unvorstellbare Summe hatte abknöpfen lassen. Er hatte sie offenbar völlig ohne Bedenken herausgerückt. Auf den Markt geschmissen. Na warte, wenn der ihr vor die Flinte kam, dem würde sie zeigen, was sie von ihm hielt! Allein schon, dass er sie angerufen hatte, anstatt persönlich vorbeizukommen, war doch das Allerletzte! Er war eben doch nur ein Norderneyer Fienpuup! Wie hatte sie sich nur jemals mit diesem Mann einlassen können!

Sibylle trommelte mit den Fäusten mehrmals kräftig auf ihren Küchentisch, als müsse sie sich selbst beweisen, wie ernst sie es meinte. Wenn Kai glaubte, dass sie ihm dieses Vermögen einfach so erstatten würde, wie bei den vorherigen Malen, dann hatte er sich geschnitten! Wer war sie – und wo waren sie denn?

Und wer garantierte ihr, dass er ihrem Olling wirklich dreiundzwanzigtausend Euro gegeben hatte? Und die restlichen fünfhundertundachtzig nicht zu vergessen? Warum hatte Kai eigentlich nicht auf seinen Alarmknopf gedrückt? Sicher war die OLBA doch wie jede andere Bank auch mit einem modernen Alarmsystem ausgestattet.

Halt! Waren Banken nicht überhaupt für solche Fälle – solche Überfälle – versichert? Sollten die sich den Betrag doch, bitte schön, selbst erstatten! Wie käme sie denn dazu?

Mit dem Geld von neulich belief sich Onnos Beute inzwischen auf annähernd dreißigtausend Euro. Jetzt reichte es ihr.

Dass Kai es versäumt hatte, die Polizei zu verständigen, erschien ihr mit einem Mal höchst verdächtig. Wer weiß, vielleicht steckten diese Bankleute auch hier auf der Insel – wie überall – unter einer Decke? Taten nur so, als würden sie sich gegenseitig Konkurrenz machen. Hatten in Wahrheit irgendwelche Kundengelder verzockt und dachten jetzt, sie könnten sich an ihr schadlos halten.

Aber nicht mit Sibylle Petersen! Beziehungsweise nicht mehr länger mit ihr!

Sie würde darauf pochen, dass Kai Riepke ab sofort den Dienstweg beschritt. Selbst schuld, wenn ihn das nun in Teufels Küche brachte. Nicht ihr Problem.

Vom vielen Auf-den-Tisch-Hauen schmerzten ihr inzwischen die Hände. Ihr war zum Heulen zumute. Sie war drauf und dran gewesen, sich in diesen windigen Glatzkopf zu verlieben. Glücklicherweise hatte sie ihn gerade noch, bevor es zu spät war, durchschaut. Würde noch rechtzeitig die Kurve kriegen, bevor er sie vollends zur Witzfigur machte. Dabei hätte sie es doch wirklich besser wissen müssen. Diesen Bankern war nicht zu trauen. Und den Norderneyern noch weniger.

39.

»Kennen Sie den? Was ist die Steigerung von Bank?«

Antje Augustin trank einen Schluck Wein und tat, als dächte sie nach. »Die Steigerung von Bank? Lassen Sie mich überlegen …«

»Na?«

Sie schüttelte ihren Lockenkopf.

»Ist doch ganz einfach. Natürlich Bank – Banker – Bankrott.«

Antje musste derart lachen, dass sie den Schluck Rotwein, den sie gerade im Mund hin und her bewegte, in die Gegend sprühte. So etwas war ihr noch nie passiert. Konnte es sein, dass es mit ihrem stets perfekten Gebaren nicht mehr so weit her war wie früher?

Auch Marc-Oliver lachte. Seit langem hatte er sich nicht mehr so wohlig gefühlt. Satt und warm und zufrieden wie ein frisch gewickeltes Baby. Oder wie ein kleines Tier, das sich nach einem Sturm seinen Pelz in der Sonne wärmt. Zum Mittagessen hatte seine neue Gastgeberin ein Steak in die Pfanne gehauen, extra für ihn, und dazu einen göttlichen Rotwein geöffnet, an dem sie sich nun trotz der Tageszeit gütlich taten. Während er einen Krisenwitz nach dem anderen erzählte, hing sie buchstäblich an seinen Lippen. Vielleicht würde doch alles noch gut.

»Aber die aktuelle Definition von Optimismus ist Ihnen geläufig?«

»Nun?«

»Wenn ein Banker am Sonntag noch fünf Hemden bügelt!«

Antje Augustin tat, als müsse sie stöhnen. »Au hauehaueha! Nun ja, wer den Schaden hat, braucht für Spott nicht zu sorgen.«

»Tja, unsereins trägt die Verantwortung, und die Allgemeinheit macht auf unsere Kosten schlechte Witze«, nickte Marc-Oliver. »Undank ist der Welt Lohn.«

Antje schaute versonnen in ihr Glas. Endlich eine gleich gestimmte Seele.

Der Moment vor dem Augenaufschlag war manchmal der schönste, dachte Marc-Oliver.

»Den kennen Sie aber? Wo der Grieche in die Bank kommt?«

Doch auch beim nächsten Witz musste sie passen. Entzückend, wie weltfremd sie war. Mit solchen Scherzen hatte er in Köln schon seit Ewigkeiten nicht mehr punkten können.

»Echt nicht? Kommt ein Grieche in die Bank und sagt: ›Kann ich hier bitte ein Gyroskonto eröffnen?‹«

Antje lachte ihr schönstes Lachen. Es klingelte silberhell und erinnerte Marc-Oliver an eine Reihe funkelnagelneuer Eine-D-Mark-Stücke. Ach, tempi passati!

»Moment, ist noch nicht zu Ende. Sagt der Kollege nämlich: ›Tut mir leid, mein Herr, aber das ist hier bei uns leider nicht Ouzo.‹«

Er genoss es, wie sie sich ausschütten wollte vor Lachen. Eine reizende Person. Nicht nur hatte sie ihm quasi das Leben gerettet, sie war auch sonst für ihn genau richtig. Ein wenig einsam wirkte sie zwar, aber das war für seine Zwecke nur umso besser. Umso leichteres Spiel würde er bei ihr haben. Sie war perfekt.

»Und der Unterschied zwischen Kommunismus und Kapitalismus …?«

40.

Als das Telefon klingelte, saß Onno Petersen gerade bei Heidi Stövhase im Büro. Sie hatte ihn am Nachmittag auf eine Tasse Tee zu sich eingeladen, damit er sich von ihr persönlich betreut und bald wie zu Hause fühlte. Nun las sie auf dem Display ihres Diensttelefons ausgerechnet den Namen seiner Tochter. Sie hätte das Gespräch nicht annehmen dürfen, schoss es ihr durch den Kopf, aber da war es bereits zu spät, sie hatte sich schon gemeldet. Manchmal war sie einfach zu fix und zu gut organisiert.

«Stövhase? Ach, guten Tag, Frau Petersen-Rodi. Na, wie sieht es bei Ihnen aus?«

Onno schaute sie an und wedelte abwehrend mit den Händen. Sie musste den alten Mann in Sicherheit wiegen, durfte ihm nicht das Gefühl vermitteln, sie könnte ihn je an seine Tochter verraten.

So laut und schrill, wie Sibylle Petersen-Rodis Stimme aus dem Hörer tönte, konnte der Alte vermutlich jedes ihrer Worte verstehen. Heidi Stövhase musste sich bremsen, dass sie nicht noch zusätzlich alles wiederholte, was die andere ihr sagte. Es war aber auch zu toll, was die Petersensche ihr mit unangenehmer Stimme klagte. Nicht nur war der alte Herr ausgebüxt heute Morgen; das wusste sie ja bereits. Er hatte zuvor wieder einmal seiner Hausbank einen Besuch abgestattet und dabei dreiundzwanzigtausendundfünfhundertachtzig Euro ergattert! Unwillkürlich warf Heidi ihm einen bewundernden Blick zu, während sie gleichzeitig versuchte, das Telefonat so schnell wie möglich zu beenden.

«Nein, tut mir aufrichtig leid, liebe Frau Petersen-Rodi. Ihr Herr Vater war nicht an Bord.«

Onno Petersen reckte ihr seinen aufrechten Daumen

entgegen. Heidi straffte sich und hielt den Hörer so weit wie möglich auf Abstand. Dieses Genörgel war zu schmerzhaft, so nah an ihrem Ohr.

»Bitte, versuchen Sie, sich nicht zu sehr aufzuregen. Auf solch einer kleinen Insel kann doch so schnell niemand verloren gehen. Wie meinen Sie? Ja, genau, Unkraut vergeht nicht.«

Ehe Onno sich über diese Formulierung beschweren konnte, kam sie ihm zuvor und drohte andeutungsweise mit dem Zeigefinger zu ihm hinüber.

»Was denken Sie, was Ihr Herr Vater mit dem Geld anstellen möchte? Wofür interessiert sich der alte Herr? Wie bitte? Miami?«

Heidi Stövhase schaute verblüfft zu Onno hinüber. Der alte Mann grinste.

»Haben Sie mal bei den Flughäfen angerufen?«, hörte Heidi Stövhase sich sagen. »In Hamburg nicht auf der Liste? Und wie sieht es mit Bremen, Münster/Osnabrück oder Hannover aus?«

Onno deutete einen Kuss an. »Lübeck«, formen seine Lippen.

»Bei Lübeck soll auch ein Flughafen sein«, beeilte sich Heidi zu sagen. »Und dann wären da natürlich immer noch Berlin oder Amsterdam.«

Sie biss sich auf die Lippen. Wenn sie nicht aufpasste, redete sie sich hier noch um Kopf und Kragen. »Also, liebe Frau Petersen, ich schlage vor, dass Sie sich jetzt erst einmal eine feine Tasse Tee aufbrühen. Dann sieht die Welt gleich viel freundlicher aus. Ich muss mich jetzt um einen anderen – Gast kümmern. Aber sobald es geht, melde ich mich wieder bei Ihnen.«

So hatte sie sich halbwegs elegant aus der Affäre gezogen. Und dann hatte sie Onno Petersen zurück auf sein Zimmer gebracht. Dreiundzwanzigtausendfünfhundertachtzig Euro. Wie groß mochte das Geldbündel sein? Und wo verbarg er die Beute? Vermutlich steckte sie in dem Rucksack, den sie ihm heute Vormittag abgenommen und persönlich getragen hatte. Mein Gott, so viel Geld. Was könnte man damit alles machen!

Heidi Stövhase brühte sich einen frischen Tee auf. Witzig, immer hatte sie gehofft, dass irgendwann ein reicher Mann übers Meer zu ihr käme. Ihr Traumprinz. Ein Millionär. Allerdings hatte sie von einem stattlichen Junggesellen geträumt, der auf einem großen, stolzen Segelschiff von weit her zu ihr käme, und nicht von einem Greis an Bord der *Frisia III*. Aber ab einem gewissen Alter durfte man nicht mehr allzu wählerisch sein. Immerhin war er nicht in einem lecken Schlauchboot gekommen.

41.

Es war ein Segen für Kai, dass die OLBA Mittwochnachmittags kürzer geöffnet hatte. Keine Minute länger hätte er es mehr in der Bank ausgehalten. Um Punkt fünfzehn Uhr neunundzwanzig schloss er den Schalterraum ab, um fünfzehn Uhr dreißig war er bereits auf dem Weg in die Carl-Stegmann-Straße zu Manfred Arning. Die Polizei, dein Freund und Helfer … Er konnte nur hoffen, dass dieses Motto auch für Manni galt und dass der Juister Ordnungshüter bereit wäre, beide Augen für ihn zuzudrücken.

Wie weit konnte er gehen, um den Beamten davon zu überzeugen, dass er am Morgen vorschriftsmäßig den Alarm ausgelöst hatte, ohne dass es Nötigung war? Oder für Bestechung gehalten würde? Reichte es aus, Manfred Arning zu fragen, wo die Polizei, dein Freund und Helfer heute Morgen gewesen war? Manni hatte doch groß damit angegeben, weitere Überfälle verhindern zu wollen. In seinem Fall war diese Bemühung gescheitert. Warum hatte Manni nicht auch vor der Ostfriesischen Landesbank aufgepasst?

Und genau das sagte er Manfred auch, als er zehn Minuten später in dessen Amtsstube hockte. »Typisch, bei Antje herumscharwenzeln, und wir anderen können zusehen, wie wir mit ihm fertig werden!«

»Nun mach mal halblang, Kai«, sagte Manfred. »Gerade du hast doch meine Warnungen in den Wind geschlagen! Und die Gefahr mutwillig heruntergespielt!«

Kai merkte, dass er mit Vorwürfen bei Manfred nicht weiterkäme. Im Gegenteil, er würde den Polizisten nur zusätzlich gegen sich aufbringen. Besser war es, ehrliche Zerknirschung zu zeigen.

»Vielleicht habe ich das Ganze zu sehr auf die leichte Schulter genommen«, lenkte er ein.

Arning nickte. »Allerdings, das kann man wohl sagen. Dreiundzwanzigtausend, sagtest du?«

»Und fünfhundertachtzig. Konnte ich denn ahnen, dass Sibylle derart auf stur schalten würde?«

»Im Prinzip hat sie recht. Du hättest mich verständigen müssen. Ich weiß nicht, was du dir vorstellst, ich kann doch nicht jetzt noch im Nachhinein einen Notruf fälschen. Also, bei allem, was recht ist …«

»Aber ihr könnt mich doch jetzt nicht im Stich lassen!«

»Du erwartest also allen Ernstes, dass ich für dich Kopf und Kragen riskiere? Meine Stelle aufs Spiel setze?«

»Ihr Beamten seid doch alle gleich«, platzte Kai. »Man muss auch mal – unkonventionell handeln. Was riskieren. Aber dazu seid ihr natürlich zu feige.«

»Ach, so weht der Wind? Na, du musst es ja wissen.« Manfred Arning schaute auf seine Uhr. «Klar, ihr Banker riskiert ja andauernd euer Leben. Setzt euch selbstlos für andere ein …«

»Selbstloser als du ganz bestimmt. Das sieht man ja hier nun gerade. Ich jedenfalls habe nur Rücksicht auf Sibylle genommen.«

»Schade, dass sie deine Rücksicht gar nicht haben will«, sagte Manfred. Er erhob sich, und Kai blieb nichts anderes übrig, als ebenfalls aufzustehen.

»Was soll ich denn jetzt machen?«, wiederholte er.

»Was ihr gewöhnlich so macht, wenn Geld in der Kasse fehlt«, sagte der Polizist ungerührt. »In Vorkasse gehen zum Beispiel. Und wenn wir den alten Petersen erst haben, sehen wir weiter.«

»Das heißt, du suchst ihn schon?«, fragte Kai hoffnungsvoll.

Manfred lachte. »Warum sollte ich einen harmlosen alten Mann suchen? Erst einmal müsste Sibylle ihn vermisst gemeldet haben. Aber ich nehme an, sie wird es bald tun. Übrigens, weißt du eigentlich, was der Unterschied zwischen einem Banker und einer Jumbo-Pizza ist?«

Kai lächelte gequält und wandte sich ab, bevor er die Antwort hörte.

»Eine Jumbo-Pizza ernährt eine ganze Familie«, rief Arning ihm hinterher.

Kai hörte sein zufriedenes Lachen und schaltete seine Ohren auf Durchzug.

42.

Onno hatte den restlichen Nachmittag dafür genutzt, sich in seinem neuen Domizil, so gut es ging, wohnlich einzurichten. Er hatte seine Wechselwäsche, auf verschiedene Fächer verteilt, in seinem neuen Schrank deponiert; nun ja, eigentlich konnte man das nur als eine Art Spind bezeichnen. Seine Zahnbürste hatte er im Bad in das eigens für ihn bereit gestellte Zahnputzglas gesteckt; sein Rasierzeug und das Trockenshampoo, die Dose stammte noch aus Gerdas Zeiten, hatten ihren Platz auf der Ablage unter dem Spiegel gefunden. Was hätte die olle Strukel wohl gesagt, wenn sie ihn jetzt hätte sehen können?

Seine Schrotflinte hatte er an den Garderobenhaken gehängt. Nur die Frage »Wohin mit dem Geld?« hatte ihn länger beschäftigt. Zwar wollte er der gelben Dame gern sein Vertrauen schenken, aber dasselbe konnte er im Hinblick auf die anderen Gäste des Hauses nicht sagen. Dieser Pensionsbetrieb schien doch eine gewisse Größe zu haben. Wer weiß, wer die Leute alle waren und woher sie kamen. Und dann war da ja auch noch das Reinigungspersonal.

Sein Rucksack kam als Geldversteck nicht in Frage. Unter der Matratze? Nein, zu langweilig. Das Gleiche galt für den Toilettenspülkasten. Die Nachttischschublade, neben oder hinter der Bibel? Halt! *In* der Bibel, das war die Lösung seines Problems!

Er kicherte, als er die losen Scheine glatt strich und zwischen den fünf Büchern Mose und den verschiedenen Evangelisten verteilte. Er würde das auf diese Weise gut gespickte Buch der Bücher in seinen Rucksack stecken, und wenn ihn jemand damit ertappte, würde man sich höchstens wundern, was für ein frommer Mann der alte Onno Petersen wäre. Das war genial. Beim Umblättern der Seiten las er sich zwischendurch fest. *Und ich sage euch auch: Machet euch Freunde mit dem ungerechten Mammon, auf dass, wenn es damit zu Ende ist, sie euch aufnehmen in die ewigen Hütten!* Wie seltsam! Manche Geschichten, die in der Bibel standen, verstand er immer noch nicht. Andere waren mehr nach seinem Geschmack, spannend und lebensprall. Schnell blätterte er weiter. Man sollte öfter in diesem Buch lesen. Wenn nur die Schrift größer wäre! Wie Fliegenschisse sahen diese knibbeligen Buchstaben aus.

Blieb immer noch die Frage, was er mit den Geldbündeln machen sollte, die Kai am Morgen herausgerückt hatte. In der Bibel war dafür nicht mehr genügend Platz, sonst klaffte das Buch zu sehr auseinander.

Aber hallo – Platz, das war das Stichwort. In seiner Sonntagshose war mehr Platz, als ihm lieb war. Desgleichen in seiner Unterhose. Wofür hatte man schließlich über Gebühr abgenommen! Irgendwofür musste seine schlanke Taille ja gut sein. Und, pardon, auch sein knochiger Mors.

Einen Augenblick später beglückwünschte sich Onno, dass er diesen Einfall gerade im richtigen Moment gehabt hatte. So geriet er nicht in Panik, als es plötzlich an seiner Zimmertür klopfte. Er klappte die Bibel zu, warf sie aufs Kopfkissen und raffte die Geldbündel an sich. Während er über die Schulter »Herein!« rief, verschwand er mit seiner Beute im Bad. Und während Heidi Stövhase sein Zimmer betrat und sich behutsam umschaute, saß er schon auf dem Klo, lockerte seinen Hosenbund und stopfte sich knapp zwanzigtausend Euro hinein. Ein echtes Geldpolster, dachte er vergnügt; es würde ihm gleichermaßen den Arsch und die Seele wärmen.

43.

Heidi Stövhase hatte eine kleine gelbe Primel, zwei Sektgläser und eine Piccolo-Flasche mitgebracht. Vor dem Abendessen, das Onno heute noch einmal allein auf seinem Zimmer serviert werden sollte, wollte sie mit ihm auf dieses neue Kapitel seines Lebens anstoßen. Sie war stets bestrebt, ihren Pensionären in der Phase des Eingewöhnens nach besten Kräften zu helfen. Auch wenn das gelegentlich bedeutete, recht unkonventionelle Wege zu beschreiten, hatte es sich doch noch immer gelohnt. Für manche Pensionäre war es ein arger Schock, wenn sie zum ersten Mal in den Speisesaal kamen, mit all seinem Stimmengewirr, dem Gesabbere und Gegreine. Aber Onno Petersen würde gewiss schon bald das Beste aus der neuen Situation machen, daran hegte sie keinen Zweifel. Und auch er war für ihr Haus zweifellos ein Gewinn.

Ihr Blick fiel auf das dicke, schwarze Buch, das auf seinem Kopfkissen lag. Offenbar hatte sich der alte Herr die Zeit mit dem Studium der Heiligen Schrift vertrieben. Ob er wegen seines Banküberfalls ein schlechtes Gewissen verspürte? Bei all ihrer Menschenkenntnis, so hätte sie ihn nicht eingeschätzt. Wie leicht täuschte man sich doch in den Menschen.

Sie griff nach der Bibel, um selbst ein wenig darin zu schmökern, als sie im Bad die Klospülung rauschen hörte. Im nächsten Moment stand Onno vor ihr. Er hatte beide Daumen hinter seine Hosenträger geklemmt und schaute sie misstrauisch an. Heidi Stövhase sprang auf und griff nach den Gläsern, die bereits gefüllt auf dem Nachttisch standen.

»Da sind Sie ja, mein lieber Onno. Kommen Sie, stoßen Sie mit mir an.«

Sie reichte ihm ein Glas und prostete ihm zu. »Auf dass Sie sich bald in *Haus Ragnarök* eingelebt haben! Ich sehe, Sie haben es sich schon ein bisschen gemütlich gemacht. Wie gefällt es Ihnen bei mir?«

»Ein ordentliches Haus«, bestätigte Onno. Er nahm einen Schluck und presste ihn in seine Backen, bevor er ihn hinunterschluckte. Dabei guckte er Heidi wachsam in die Augen. »Sag mir nur eins, Mädchen«, er zögerte, »ich bin hier doch nicht im Heim?«

Es gelang ihr, ihn entrüstet anzuschauen. Nur ihr Lachen klang unnatürlich. »Aber lieber Onno, ich bitte Sie, wie kommen Sie denn darauf?«

»Die ganze Einrichtung«, sagte Onno. »Und alles so groß. Und denn nur olle Scharteken.«

»Aber, aber«, rügte Heidi Stövhase. »Was haben Sie denn gegen – ältere Damen?«

»Dass sie alt sind«, antwortete Onno. »Glaub mir, Mädchen, das wirkt sich nicht immer vorteilhaft aus.«

»Ach?« Heidi Stövhase legte ihren Kopf schief. »Das ist aber nicht sehr höflich von Ihnen. Ich bin schließlich auch nicht mehr die Jüngste.«

»Für mich genau richtig«, meinte Onno. »Nicht zu jung und nicht zu alt. Hast du schon was vor heute Abend?«

In diesem Moment hatte Heidi Stövhase eine geniale Idee. »Kommt darauf an«, lächelte sie. »Ich richte mich ganz nach Ihnen.«

44.

»Ich höre, es gab wieder Probleme?«, fragte Manfred Arning.

Auch wenn er Kai Riepke gegenüber etwas anderes behauptet hatte, hielt er es doch für sinnvoll, von sich aus an Sibylle heranzutreten. Nun stand er vor ihrer Tür und war erschrocken, wie elend sie aussah. Ihre Wangen waren rot und geschwollen und ihre Augen verquollen, als hätte sie den ganzen Nachmittag vor sich hin geheult und gejammert. Die arme Frau! Manchmal war Arning froh, dass seine Eltern schon früh gestorben waren. Zwar hatte er keine leichte Jugend gehabt. Aber zum Ausgleich wenigstens ein leichteres Erwachsenenalter.

»Kann ich was für dich tun?«, fragte er. »Willst du nicht eine Vermisstenanzeige aufgeben?«

Sibylle schaute ihn an, als hätte sie keine Ahnung, wovon er spräche. Allmählich schien sie jedoch zu begreifen.

»Vermisstenanzeige? Ja, würdest du sie denn suchen?«

»Wen: sie?«, fragte Manfred.

»Na, sie sind doch alle beide weg. Den ganzen Tag schon. Mein Vadding und der andere. Herr Reichert, meine ich. Sein Komplize, vermutlich.«

»Dein Gast?« Arning lachte. »Der liegt bei Antje Augustin auf dem Sofa. Habbo Schwips hat ihn doch gestern Abend aus dem Wasser gezogen. Hast du davon gar nichts mitbekommen?«

Sibylle schüttelte den Kopf. »Nein, ich war …« Wieder wollte das arme Tier sie überkommen, aber es gelang ihr, die aufsteigenden Schluchzer zu unterdrücken. »Du meinst, er steckt gar nicht mit meinem Vater unter einer Decke?«

»Nein, der Herr hat die Nacht unter Antjes Decke verbracht. Und ihr jede Menge Witze erzählt, nach allem, was ich so höre. Tja, da muss einer erst ins Wasser gehen, dann gelingt ihm, was keiner von unseren Jungs je geschafft hat.«

Sibylle schaute ihn empört an. »So eine Rücksichtslosigkeit«, schnaubte sie. »Und ich hatte mir Sorgen gemacht.«

Die Wut darüber, in gewisser Weise hintergangen worden zu sein, verlieh ihr neue Kraft. Endlich besann sie sich auch auf ihre guten Manieren.

»Willst du reinkommen, Manni?«

»Gern, Sibylle. Und wenn du einen Köm für mich hättest, sage ich auch nicht nein.«

Du könntest selbst einen gebrauchen, so wie du aussiehst, dachte Arning bei sich. Laut fragte er, ob er einmal einen Blick in Onnos Zimmer werfen dürfte. Dreiundzwanzigtausend Euro – mit dem Geld von neulich ungefähr dreißigtausend – wer wusste denn, ob nicht in Wahrheit die Tochter mit ihrem Vater gemeinsame Sache machte? Während er die schmale Treppe ins Obergeschoss hochstieg, fiel ihm ein weiterer der Witze ein, die Antje ihm vorhin am Telefon zum Besten gegeben hatte.

»Übrigens, was ist der Unterschied zwischen Kommunismus und Kapitalismus?«, fragte er.

In dem Moment, indem er die Frage stellte, merkte er, dass er die Pointe nur mehr ungefähr in Erinnerung hatte. Wie war das noch gewesen, im Kommunismus wurde erst verstaatlicht und dann ruiniert? Ach ja, jetzt hatte er es wieder, denn im Kapitalismus war es genau andersherum. Erst wurde ruiniert, und dann wurde verstaatlicht. Leider antwortete Sibylle nicht. Weil sie die Antwort schon kannte? Oder nicht wissen wollte?

Vielleicht hatte sie ihn auch gar nicht gehört. Sie hatte andere Sorgen.

45.

Er hatte sich einen langen Holzsplitter in die linke Fußsohle gerammt, bei jedem Auftreten peinigten ihn höllische Schmerzen. Dennoch hatte er sie, als sie ins Stolpern geriet, geistesgegenwärtig aufgefangen und weiter mit sich gezogen. Hand in Hand waren sie über die Bretterplanken gelaufen, gesprungen, geflogen, bis ein Blick über die Schulter ihm signalisierte, dass sie die wilde Jagd hinter sich für einen Moment abgehängt hatten. Da hatte er sie in die Dünen gezerrt und sich mit ihr in die nächstbeste Mulde geworfen, mitten hinein in ein dichtes, struppiges Brombeergebüsch, und dann waren sie noch tiefer hineingekrochen. Nicht auszudenken, was man mit ihnen anstellen würde, wenn es der Meute gelänge, sie hier aufzustöbern in ihrem Versteck.

Nun hatte er nicht nur einen Splitter im Fuß, sondern Kratzer und Schrammen am ganzen Körper. Irgendetwas krabbelte an seinem linken Schienbein entlang, tastete sich vor bis zum Knie und noch weiter empor, vermutlich eine Zecke auf der Suche nach einer geeigneten warmen Stelle. Das Kitzeln war unerträglich.

Würde sie sich in seiner Leistengegend einnisten, oder schaffte sie es gar bis zu seinem Bauch, bevor ihn die Häscher packten? Und würde sie sein Blut noch mit Bakterien und Viren verseuchen, oder schlug man ihn vorher tot?

Wenn es einen Teufel gab, so hatte er garantiert die Gestalt einer Zecke.

Bei dem Gedanken daran stöhnte er unwillkürlich auf und biss sich sogleich in die Hand, um jedes Geräusch zu unterdrücken. Aber vergeblich, auch die Frau neben ihm hatte begonnen zu wimmern, in einer Lautstärke, mit der sie garantiert alle Verfolger auf sich aufmerksam machen würde. Er presste seine Hand auf ihren Mund, und dann merkte er, wie seine beiden Hände sich selbständig machten. Als würden sie ihr Ziel genau kennen, glitten sie über ihr Kinn und umspannten sodann ihren Hals. Wenn sie nicht endlich aufhörte, zu flennen und um Gnade zu flehen, würden seine Hände im nächsten Moment zudrücken, das wusste er.

46.

Onno war sehr zufrieden damit, wie der Abend gelaufen war. Die gelbe Dame, Heidi – endlich hatte er sich ihren Namen gemerkt – war spontan bereit gewesen, ihn nach Oldenburg zu kutschieren. Dort hatte er sie zu einem fürstlichen Essen eingeladen und sie mit allerlei Scherzen zum Lachen gebracht. Wie es eben seine Art war, wenn nicht gerade Gerda ihm gegenübersaß oder seine humorlose Tochter.

»O Oldenburg, o Oldenburg, du Land des Überflusses, der Säugling selbst in seinem Bett schwimmt bis zum Hals im Schweinefett …«

Dergleichen mochten die Mädchen.

Natürlich hatte sie Bauklötze gestaunt, als es ans Bezahlen gegangen war und er lässig ein paar Geldscheine aus seinem Hosenbund gezogen hatte. Er hatte sie in dem Glauben gelassen, er habe das ein Leben lang so gemacht.

Nun waren sie auf der Rückfahrt, und er saß still auf dem Beifahrersitz, schläfrig, ein wenig duun und mit seiner Verdauung beschäftigt.

Die Gelbe – Heidi, er musste sich wirklich angewöhnen, sie bei ihrem Namen zu nennen, damit er ihn nicht wieder vergaß – Heidi Stövhase also lenkte ihren Wagen sicher und flott über die Autobahn. Im Radio liefen Schmuse-Oldies, denen Onno nicht viel abgewinnen konnte. Aber das musste er ihr ja nicht auf die Nase binden.

Plötzlich fummelte sie an den Knöpfen herum und stellte das Radio lauter.

» ... seit heute Morgen vermisst«, hörte Onno. »Der Gesuchte trägt eine graue Hose mit Nadelstreifen, einen blauen Troyer und eine Seemannsjacke. Er wurde zuletzt an Bord der Fähre von Juist nach Norddeich Mole gesehen und ist zeitweise etwas desorientiert. Onno Petersen wird dringend gebeten, sich mit seiner Tochter Sibylle in Verbindung zu setzen. Sachdienliche Hinweise nimmt jede Polizeidienststelle entgegen.«

Heidi Stövhase drehte das Radio leiser. Nach einem Blick in den Rückspiegel gab sie Gas und lenkte den Wagen auf die linke Spur, um einen LKW zu überholen. Sie schien ganz auf den Verkehr konzentriert und zog es offenbar vor zu schweigen.

Onno überlegte. »Ich kann mich doch auf dich verlassen, Mädchen?«, sagte er dann.

Es dauerte einen Moment, bis sie ihm antwortete. »Aber natürlich, lieber Onno.«

Er wollte gern glauben, dass dieses Zögern nur ihrem Überholmanöver geschuldet war.

»Von wegen, sie vermisst mich«, grummelte er. »Den eigenen Vater ans Messer liefern! Das hätte sie gern.«

Insgeheim jedoch ahnte er, dass er Sibylle dankbar sein sollte, und das ärgerte ihn am meisten. Immerhin war nicht von einem gefährlichen Bankräuber die Rede gewesen. Oder davon, dass er bewaffnet war. Wie hätte die gelbe Dame wohl auf solche Meldungen reagiert? Schlimm genug, dass sie vorhin die Bibel auf seinem Bett gefunden hatte und vermutlich sein privates Geldversteck kannte. Ein richtiger Mann stellte sich den Gefahren des Lebens alleine und zog keine hübsche junge Frau mit hinein. Er musste Heidi Stövhase schonen; das war ab sofort seine oberste Priorität.

47.

Mit einem Ruck wachte Marc-Oliver auf. Er saß aufrecht in Antje Augustins Bett, am ganzen Körper zitternd und schweißgebadet. Sein Puls schlug schneller, als er hörte, wie die Frau neben ihm im Schlaf seltsame Laute ausstieß.

Wenn Marc-Oliver gedachte hatte, dass sich seine Träume angenehmer gestalten würden, nun, da er nicht mehr allein schlafen musste, so hatte er sich getäuscht. Der Unterschied zu vorher bestand lediglich darin, dass sie jetzt zu zweit über die Insel gehetzt wurden. Und das machte seine Angst um keinen Deut erträglicher, wie er früher, in einem anderen Leben, vielleicht irrigerweise geglaubt hätte. Ganz im Gegenteil. Er musste sich nur noch zusätzlich sorgen, musste nun auch für Antje und um Antje das Äußerste fürchten. Im Traum hatte er genau gewusst, was für entsetzliche Dinge die Meute mit ihr anstellen wollte. Wie gut, dass er aufgewacht war!

Auch Antje schien von schweren Träumen geplagt zu werden. Unruhig warf sie sich im Schlaf hin und her. Marc-Oliver neigte sich zu ihr hinüber und lauschte auf ihre Seufzer. Was stöhnte sie da unentwegt vor sich hin? Er konnte kein Wort verstehen, aber dass etwas Schweres sie umtrieb, war leicht zu merken. Hatte auch sie sich etwas zuschulden kommen lassen, war auch sie schuldig geworden?

Dann passten sie nur umso besser zusammen.

Er wollte es als gutes Zeichen für sich verbuchen, dass sie beide synchron von Alpträumen heimgesucht wurden. Gern hätte er sie geweckt, es war sein erster Impuls gewesen, aber stattdessen drehte er sich auf die andere Seite und zog sich die Decke über den Kopf. Es half ja alles nichts, jeder war dazu verdammt, den eigenen Alptraum zu Ende zu träumen.

48.

»Ja, guten Morgen, Frau Stövhase – ist jemand gestorben heute Nacht?«

Der Zivi machte ein besorgtes Gesicht. So früh war seine Chefin normalerweise nicht auf den Beinen. Es war zwanzig vor sechs, gerade erst hatte er den Nachtdienst abgelöst und seine Schicht angetreten.

Heidi Stövhase hatte zwar nur kurz geschlafen, fühlte sich aber frisch und munter und absolut in der Lage, es mit den verrücktesten Senioren aufzunehmen. Das war der Vorteil, wenn man mit sich im Reinen war und ein gutes Gewissen hatte, wenigstens in den wichtigsten Fragen des Lebens.

»Nein, nein, nichts Schlimmes passiert, keine Sorge, Kevin!«

Er schaute sie erwartungsvoll an. Natürlich war irgendetwas passiert. Sonst würde sie jetzt doch nicht vor ihm stehen.

»Hören Sie, Kevin«, sie senkte ihre Stimme, »was ich Ihnen jetzt sage, ist absolut vertraulich. Ich weiß ja, dass ich mich auf Sie hundertprozentig verlassen kann.«

Der Zivi nickte. Er zog hier seinen Zivildienst durch und wollte vor allem sein Leben genießen. Im Prinzip war ihm alles, was in diesem Haus passierte, herzlich egal.

»Wir haben einen neuen Gast auf der Zwei. Zimmer neunzehn. Ein etwas komplizierter Fall. Altersparanoia, wissen Sie. Am besten, Sie halten sich fern. Und sorgen Sie doch bitte dafür, dass auch sonst niemand den Herrn – behelligt.«

»Klar. Kein Problem, Frau Stövhase, wenn's weiter nichts ist.«

»Das Frühstück stellen Sie ihm einfach vor sein Zimmer.

Ich bringe das Tablett dann persönlich zu ihm hinein. Vor mir hat der Herr seine Ängste schon überwunden. Wissen Sie, diese Sozialphobien sind bei älteren Herrschaften ein weit verbreitetes Phänomen.«

Der Zivi nickte.

»Ich kann mich auf Sie verlassen?«

»Natürlich, Chefin.«

»Und kümmern Sie sich nicht um das, was andere sagen mögen. Wissen Sie, alte Leutchen reden viel, wenn der Tag lang genug ist.«

Kevin grinste. Das hatte er, weiß Gott!, auch schon bemerkt.

49.

Onno war in der Zwischenzeit nicht untätig gewesen. Das war der Vorteil des Alters, man hatte genug fürs ganze Leben geschlafen.

Als Erstes hatte er sich den Bart abrasiert. Das war eine anstrengende und zeitraubende Handlung gewesen. Als er in den Spiegel blickte, erkannte er sich kaum wieder. Nachdem er viele Jahrzehnte lang einen Vollbart getragen hatte, hatte er ganz vergessen, wie nackt sein Gesicht in Wirklichkeit war. Sah er älter oder jünger aus als zuvor? Irgendwie fraulicher, dachte Onno.

Sodann hatte er das Rohr von der Schrotflinte abgeschraubt und das gute Stück in seine Einzelteile zerlegt. Sehr praktisch, so ein handliches Gewehr! Zusammen mit der Bibel und seinen übrigen Siebensachen fand es jetzt bequem Platz in seinem Rucksack.

Blieb die Frage, was er auf seiner Flucht anziehen sollte.

Die graue Hose mit den Nadelstreifen, der blaue Troyer und seine alte Seemannsjacke kamen nicht mehr in Frage.

Es war kurz vor sechs, als Onno Petersen, bekleidet nur mit Unterhemd und einer langen Unterhose, sein Zimmer verließ. Den Rucksack hatte er lässig über die Schulter gehängt, seine Schuhe trug er noch in der Hand. Lautlos glitt er über den Flur, nur vor den Zimmertüren jeweils kurz innehaltend. Mit zusammengekniffenen Augen studierte er die Namensschildchen neben den Türen. Herr Gerdes, Herr Eckert, Herr Feige. Die kamen für seinen Zweck nicht in Frage, und zum Doppelkopfspielen blieb leider nicht mehr genügend Zeit. Er kicherte noch über seinen eigenen Witz, als er die nächste Türklinke niederdrückte und auf Zehenspitzen das Zimmer von Frau von Füerbarg betrat.

50.

Erst hatte sie gedacht, dass sie träumte, aber dann wusste Lore von Füerbarg, dass ihre Gebete endlich erhört und ihre Träume wahr geworden waren. Ein Mann kam noch einmal zu ihr zu Besuch, vom Herrgott persönlich gesandt, ein stattlicher Mann, alle Achtung. Allerdings war es weder Rudi, ohne den sie seit dreißig Jahren zurechtkommen musste, und recht gut zurechtkam, wenn sie ehrlich sein durfte, noch war es Georg, sein bester Freund, auf den sie nebenher hoffte, seit langem nun schon. Diesen Mann hier kannte sie gar nicht. Aber das machte nichts, man durfte nicht mehr wählerisch sein, wenn man bereits auf die Neunzig zuging. War sie neulich siebenundachtzig oder achtundachtzig geworden? Egal, wenn der Fremde sie fragte, würde sie neunundsiebzig sagen. Dafür konnte sie durchaus noch durchgehen, mit ihrer tadellosen Figur und den nach wie vor lockigen Haaren. Sie färbte sie immer noch rot.

Lore stellte sich schlafend, wollte erst einmal abwarten, was weiter passierte. Der Mann war nur spärlich bekleidet, ein Draufgänger offenbar, der keine Zeit mehr verlieren wollte. Sicher würde er gleich zu ihr ins wärmende Bett schlüpfen und dann tun, was Männer, wenn sie in der entsprechenden Stimmung waren, mit Frauen gemeinhin so taten.

Ihr Herz klopfte freudig in Erwartung der verbotenen Dinge, die ihr sogleich widerfahren würden. Und sie, würde sie noch wissen, was sie dann zu machen hätte? Oh ja. Auch wenn es lange her war, so etwas vergaß oder verlernte man nie.

Ein paar ewig lange Augenblicke verstrichen, in denen – gar nichts geschah. Sie lag da und lauschte, vom Scheitel bis zu den Zehenspitzen gespannt. Aber da sie inzwischen leider etwas harthörig war, hörte sie ebenfalls – gar nichts. Vorsichtig schlug sie die Augen auf, bemüht, sich so wenig wie möglich zu regen. Sie wollte den schmucken Kerl ja nicht gleich wieder verschrecken. Als fürchtete sie, er wäre in Wahrheit ein schönes Gespenst, das sich bei der geringsten Bewegung plötzlich in Luft auflöste.

Aber nein, da stand er, ganz lebendig, vor dem Stuhl, auf dem die Pflegerin abends ihre Kleider ablegte, und stöberte in ihren Sachen. Also so einer war er. Hatte sich aus der Ferne in sie verliebt und brauchte nun ein Erinnerungsstück, an das er sich schmiegen konnte, wenn er schlaflos in seinem Bette lag. Ein Romantiker, köstlich. Aber auch ein wenig dumm, wie alle Romantiker eben.

Jetzt noch kostbare Zeit zu verplempern! Als Nächstes würde er noch eine Locke von ihrem Haar abschneiden wollen! Mit dergleichen albernen Reliquien hatte sie nie etwas anfangen können. Aber sei es drum. Jedem das Seine.

Lore von Füerbarg schloss wieder die Augen und gab ein paar zarte Schnarchlaute von sich, um sich weiterhin schlafend zu stellen. Währenddessen überlegte sie, welche Unterhose sie als letztes getragen hatte. Hoffentlich gab er sich mit einem Halstuch zufrieden.

Jetzt war doch ein Geräusch an ihr Ohr gedrungen, ein Ächzen, dazu ein Knarren, als hätte er eine Schublade aus ihrer alten Kommode gezogen. Oder hatte ein Knochen geknackt? Lore von Füerbarg blinzelte. Und staunte nicht schlecht. Das war gar kein Mann, der ihr an die Wäsche wollte! Keiner, der in sie verliebt war, wie sie erst angenommen hatte. Nicht einmal ein harmloser Fetischist. Ein Transvestit offenbar, der sich in ihr Zimmer verirrt hatte. Genau genommen wollte er ihr allerdings doch an die Wäsche, aber leider Gottes nur an die Wäsche und an nichts anderes mehr von ihr. Aus dem Fernsehen wusste sie ja, dass es Männer gab, die solche Gelüste hatten. Aber persönlich hatte sie nie einen gekannt, den sie sich in Frauenkleidern hätte vorstellen können. Rudi wäre der Allerletzte gewesen! Nun wurde ihr auch noch diese Erfahrung zuteil. Freilich hätte sie darauf prima verzichten können.

Der Mann hatte sich inzwischen in ihr Sonntagskleid gezwängt, das dunkelblaue mit den weißen Tupfen und der großen, weißen Schleife am Dekolleté. Viele, viele Jahre hatte es ihr treue Dienste geleistet, auf Hochzeiten und Geburtstagsfeiern von Menschen, an die sie sich nicht mehr erinnern konnte. Inzwischen war es vom Sonntagskleid zu dem Kleid avanciert, das sie am liebsten jeden Tag anziehen wollte. Dazu hatte er ihren schwarz-weiß karierten Blazer übergeworfen. Eine unmögliche Kombination!

»Je oller, desto toller!« Unwillkürlich hatte sie den Satz ausgestoßen. Und obwohl auch Lore von Füerbarg beim Pflegepersonal allgemein für ein wenig meschugge galt, hätte sie das Gesehene nicht besser auf den Punkt bringen können.

Im nächsten Moment war der Spuk aus ihrem Zimmer verschwunden. Nur ein etwas herber, nicht ganz weiblicher Duft hing noch in der Luft und zeugte davon, dass das, was sie erblickt hatte, kein Traum gewesen war und auch keine Wunschvorstellung.

51.

Eigentlich hatte er schon Feierabend machen wollen, wie die Deutschen es nannten. Feiermorgen in diesem Fall, wenngleich es nicht viel zu feiern für ihn geben würde. Die Kinder mussten ein Frühstück bekommen und würden in der Wohnung herumtoben, so dass er nicht würde schlafen können, und außerdem musste er auf das Baby aufpassen, während seine Frau putzen ging. Sie hatte eine Stelle in einem kleinen Hotel und putzte sieben Tage die Woche. Und obwohl sie beide so fleißig waren, reichte es nicht hinten und nicht vorne zum Leben. Was machte man also nicht alles für Geld. Zur Not fuhr man auch mal eine alte Frau in der Gegend spazieren, die in Wahrheit ein alter Tattergreis war. Es gab schlimmere Kunden. Wenigstens hatte der

Alte nicht gesoffen und kotzte ihm den Wagen nicht voll, und er beschimpfte ihn auch nicht als Neger oder Hottentotte und sprach nicht mit ihm in gebrochenem Deutsch. Er war höflich und respektvoll gewesen. Und ein gutes Trinkgeld hatte er am Schluss herausgerückt. Dafür konnte man schon mal ein Auge zudrücken und versprechen, dass man diesen Fahrgast niemals gesehen hatte. Wem sollte Luther auch groß was erzählen? Er hatte hier keine Freunde, mit denen er sich über alles und jedes austauschen wollte, Maggie mal ausgenommen. Ihr würde er die ganze Geschichte natürlich zum Besten geben, sie haarklein ausschmücken und nichts verschweigen, womit er sie nur zum Lachen brachte. Maggie war für den Frauenmann keine Gefahr. Wenn der aus seinem Seniorenheim ausreißen wollte, bitte sehr. Maggie wäre die Letzte, die einen verrückten Alten ans Messer liefern würde.

Luther hatte den verkleideten Mann, wie gewünscht, nach Norddeich Mole gefahren und für die Fahrt fünfhundert Euro bekommen. So etwas sollte ihm öfter im Leben passieren. Denn nicht er war es, der diese astronomische Summe gefordert hatte, nein, der Alte selbst hatte ihm das Geld geradezu aufgedrängt. Und als es ans Bezahlen gegangen war, hatte er eine Bibel aus seinem Rucksack gezogen und die Scheine daraus entnommen. Es war also gesegnetes Geld, das er nach Hause brachte, das konnte Luther guten Gewissens behaupten. Kein Grund für Maggie, sich Sorgen zu machen – sie nahm es in diesen Dingen ja sehr genau. Eine gewissenhafte Frau, seine Maggie.

Er würde sie zu ihrer Arbeit fahren, denn seinetwegen war sie spät dran heute Morgen. Sie hätte die Kinder nicht alleine gelassen, sondern gewartet, bis er nach Hause kam. Vielleicht würde sie, wenn er die Treppe zu ihrer Dachwohnung hochstieg, den Mund aufmachen, um mit ihm zu schimpfen – nicht sehr, Maggie war keine, die ernsthaft mit ihm oder den Kindern schimpfte. Er würde ihr den Zeigefinger auf den Mund legen, und dann würde er sie küssen, bis sie schwieg. Und schließlich, wenn er ihr das Schimpfen weggeküsst hätte, würde er ihr die fünfhundert Euro geben. Sie könnte neue Schuhe für sich und die Kinder kaufen – er musste darauf bestehen, dass sie auch für sich welche kaufte. Und das restliche Geld würde sie in die eigene Bibel legen.

Was für ein gesegneter Morgen! Im Geiste hörte Luther schon Maggies Lachen und das ihrer Kinder und freute sich darauf, ihre Stimmen gleich wirklich zu hören. Beschwingt gab er Gas.

52.

Es war doch immer sie, in jeder Menschenmenge, die herausgepickt wurde. Das war schon immer so gewesen und würde wohl bis an ihr Lebensende so bleiben. Vielleicht würde es erst aufhören, wenn sie selbst einst im Rollstuhl säße. Sie musste irgendetwas an sich haben, das sie auszeichnete vor allen anderen Leuten. Natürliche Autorität vermutlich, sie sollte eigentlich stolz darauf sein. Aber es war ihr nur lästig. Zum Beispiel, als sie von New York nach Deutschland zurückgeflogen war und sich so darauf gefreut hatte, während des Fluges den am Flughafen erworbenen Roman von Toni Morrison zu lesen – gerade war die Nachricht aus Schweden gekommen, dass diese Autorin den Nobelpreis erhalten sollte. Aber wem hatte die Stewardess das allein reisende Kind anvertraut? Natürlich ihr. Anstatt die Zeit sinnvoll für ihre Weiterbildung zu nutzen, hatte sie Spucktüten halten müssen und dem Knaben später ein albernes Bilderbuch so oft vorgelesen, dass sie schließlich selbst einen Brechreiz bekam. Und währenddessen hatte die Stewardess mit den allein reisenden Herren geflirtet.

Oder auch damals am Skilift in Österreich – sie war selbst noch eine blutige Anfängerin gewesen, froh, wenn sie sich überhaupt auf den Brettern oder den Beinen hielt. Aber natürlich hatte dieser braungebrannte Lackaffe am Lift ausgerechnet ihr das kleine Mädchen mit den Zöpfen zwischen die Beine geklemmt. Und sie hatte ihre liebe Mühe und Not damit gehabt, das Kind nicht fallen zu lassen, sondern heil oben anzukommen.

Andere wären regelrecht traumatisiert gewesen. Aber mit ihr konnten sie es ja machen. Erbost hatte sie den Skikursus abgebrochen und sich nur mehr dem Après-Ski hingegeben. Und dieser Lackaffe von Skilehrer hatte sie noch nicht einmal wiedererkannt, als er ihr ein paar Tage später beim Alpenwirt an der Bar im Wege gestanden hatte. Das war auch so verdammt typisch gewesen. Ihre natürliche Autorität nutzten sie alle gern aus, aber niemand kam je auf die Idee, ihr einmal für ihren Einsatz zu danken.

Und nun also diese Alte im Rollstuhl. Iris hatte es gleich geahnt, als das Taxi vorfuhr. Für einen Moment hatte sie den Blick des Fahrers aufgefangen, der sich suchend in der Menge umgeschaut hatte, bevor er den Rollstuhl aus dem Kofferraum holte. Da war es schon zu spät gewesen, sich aus dem Staube zu machen. Der Fahrer hatte den Rollstuhl auseinandergeklappt, die alte Dame hineingehievt und sie dann Richtung Fähre geschoben. Die Alte hatte den Mann ganz schön herumkommandiert. Dann hatte vorübergehend ein junger Bursche vom Schiffspersonal die Verantwortung übernommen. Und als Nächstes war sie an der Reihe gewesen. Immer sie, natürlich, immer sie! Es war ihr Karma. Und nun musste sie hier draußen an der Reling ausharren, anstatt im warmen Salon zu sitzen, denn die Alte hatte sich ums Verrecken nicht zu den vielen Menschen gesellen wollen. Angeblich musste sie unter Deck immer spucken. Daher zog sie es vor, in der Kälte zu sitzen und die frische Luft auf sich wirken zu lassen.

Daran, dass die frische Luft wirkte, konnte kein Zweifel bestehen, die Dame hatte einen gepflegten Appetit hier draußen entwickelt. Zweimal hatte Iris ihr bereits eine Bockwurst mit Brötchen und Senf geholt, jetzt verlangte sie Streuselkuchen. A propos natürliche Autorität – von der Alten hätte selbst sie sich noch eine Scheibe abschneiden können. Ein männlicher, herber Typ. Noch männlicher und herber als sie – und das wollte durchaus etwas heißen. Dass es das überhaupt gab, konnte sie schon erstaunen! Iris wusste wohl, dass ihre Schülerinnen sie heimlich den Dragoner genannt hatten. Welchen Spitznamen hätten die Mädels wohl der Rollstuhldame verpasst?

Von der Seite wagte sie es, die Alte eingehender zu mustern. Die Frau trug die Haare noch kürzer geschnitten als sie. Kein Zweifel, sie waren Verbündete, dachten mehr praktisch als eitel. Ab einem gewissen Alter war einem das Aussehen egal. Es sei denn, man hatte sonst nichts zu bieten. »Es kommt darauf an, was ihr im Kopf habt, nicht auf demselben«, hatte Iris ihren Mädels immer gepredigt. Wenn man Haare auf den Zähnen hatte, störte doch kein Flaum auf der Oberlippe!

Die Alte hatte ihren Damenbart offensichtlich rasiert. Oder war von einem ungeduldigen Pfleger rasiert worden; davon kündeten einige frische Ratscher und Schnitte. Aber ein kluges und verschmitztes Gesicht hatte sie. Wache Augen. Zum Teufel mit all diesen angeblichen Geschlechtsunterschieden! Im Alter näherten sich die Geschlechter einander an, auf ganz erstaunliche Weise. Menschen wie sie hatten die Zeichen der Zeit eben schon eher verstanden. Von allen Hilfsbedürftigen, denen Iris je unfreiwillig hatte beistehen müssen, war ihr diese Alte am liebsten. Eine Seelenverwandte. Sie war nicht lesbisch, das wusste sie genau, war nie im Leben verliebt gewesen in andere Frauen. Überhaupt hatte sie sich nur selten verliebt, in Männer genauso wenig. Aber zu dieser schrulligen Alten fühlte sie sich jäh hingezogen. Ein gewisses Etwas hatte die schon. Zehn Jahre früher – und sie hätte für nichts garantieren können. Iris räusperte sich, musste aber zwei Anläufe nehmen, bevor sie genügend Mut aufbrachte, ihre Frage zu stellen. Höchst ungewöhnlich für sie.

»Wohin wollen Sie denn auf Norderney? Kann ich Sie irgendwo hinbringen?«

Die Alte legte eine braun gesprenkelte Hand auf Iris' Arm und tätschelte sie freundlich.

»Danke für das freundliche Angebot, Mädchen«, sagte sie mit ihrer tiefen Stimme. Vermutlich war sie Lehrerin an einer Jungensschule gewesen. »Ein andermal komme ich gern darauf zurück. Aber ich werde gleich abgeholt.«

Und so war es dann auch. Am Kai wartete ein alter Kerl, der aussah, als wäre er der Bruder der Alten. Nachdem Iris die Frau von der Fähre geschoben hatte, riss er ihr den Rollstuhl äußerst unhöflich aus der Hand. Die Alte rief ihm etwas zu, das wie »Moin, U-Boot« klang, woraufhin er etwas wie »leck dich, oho« brummte. Im nächsten Moment war dieser ungehobelte Alte mit ihrer Seelenverwandten verschwunden.

Iris holte ihr Gepäck und machte sich zu Fuß auf den Weg in ihre Pension, in der sie seit dreißig Jahren ihre Osterferien verbrachte. Zwei verdammt lange und einsame Ferienwochen lagen vor ihr.

53.

»Und er ist wirklich verschwunden?«

Heidi Stövhase sah ihren jungen Mitarbeiter ungläubig an.

Der Zivi nickte. »Ich hab alles abgesucht, Frau Stövhase. Der hat sich verdünnisiert.«

Sie schüttelte den Kopf. »Aber das ist doch ganz unmöglich«, murmelte sie.

Sie merkte selbst, wie schwach sie sich anhörte. So etwas war ihr aber auch in all den langen Jahren ihres Berufslebens noch nicht passiert. Natürlich kam es alle Naselang vor, dass ihre lieben Alzis Spaß daran fanden, aus dem Heim auszubüxen. Und vorzugsweise in den frühen Morgenstunden, wenn sie eigentlich friedlich in ihren Betten liegen sollten. Aber normalerweise fand man sie bald schon wieder, irgendwo in der Nähe des Heims auf einer Bank sitzend, auf einen Bus wartend oder einen Menschen, der nicht mehr kam. Hin und wieder griff die Polizei eine der alten Damen in der Fußgängerzone auf, wo sie im Nachthemd herumspukte und öffentliches Ärgernis erregte, indem sie sich vor den schockierten Passanten entblößte.

Dass einer seine Sachen packte und sich gezielt aus dem Staube machte, und dass er dabei auch noch den

Rollstuhl seiner Zimmernachbarin mitgehen ließ, war nicht die Regel.

Was sollte sie jetzt machen? Vermisst melden konnte sie Onno Petersen schlecht, da er ja schon vermisst wurde. Eine doppelte Vermissung ergab irgendwie keinen Sinn. Zudem käme dann heraus, dass sie gegenüber seiner Tochter nicht ganz die Wahrheit gesagt – oder, um jetzt ehrlich zu sein, dreist gelogen hatte. Sie hatte den sympathischen Herrn Petersen nicht verraten wollen, schon gar nicht in seiner Gegenwart. Schließlich galt es vor allem, erst einmal das Vertrauen ihrer Schützlinge zu gewinnen. Natürlich hatte sie vorgehabt, die Tochter baldmöglichst zu informieren. Aber ihre Tage waren zu kurz, selbst sie schaffte nicht immer alles, was sie sich vorgenommen hatte.

Nun war es womöglich zu spät, der Tochter – oder der Polizei – reinen Wein einzuschenken. Die würden sie noch weiß Gott welcher Dinge verdächtigen. Dabei meinte sie es doch nur gut.

»In seinem Papierkorb hab ich einen Briefumschlag mit Trauerrand gefunden. Vielleicht, dass er zu einer Beerdigung wollte? Stand aber leider kein Absender drauf.«

»Und wo war er abgestempelt?«

Der Zivi guckte sie verdattert an. »Wie, abgestempelt?«

Schrecklich, diese jungen Leute! Mit dem, was sie verächtlich Schneckenpost oder klangvoller *snail mail* nannten, kannten sie sich tatsächlich nicht mehr aus.

»Na, zum Detektiv bist du nicht geeignet. Den Poststempel meine ich. Wo wurde der Brief aufgegeben?«

»Keine Ahnung, den hab ins Altpapier getan. Die Tonne wurde doch geleert heute Morgen.«

Der junge Mann schaute sie beleidigt an, als wollte er für diese gute Tat auch noch gelobt werden. Heidi Stövhase stützte ihr Gesicht in die Hände und massierte sich mit den Fingern die Stirn. Hoffentlich verstand Kevin diesen Wink mit dem Zaunpfahl und ließ sie endlich allein!

Aber die Jugend von heute war nicht nur ignorant, sondern wurde außerdem ohne Mitleid geboren.

»Er hat übrigens nicht nur den Rollstuhl geklaut«, musste sie hören. »Auch das Sonntagskleid von Frau von Füerbarg fehlt. Und ihr Lieblingsblazer.«

Heidi Stövhase unterdrückte ein Stöhnen. Wenn sie jetzt nachgab, würde sie gleich in Tränen ausbrechen. Und dann ganz die Kontrolle verlieren.

Sie strich sich ein letztes Mal über die Stirn, bevor sie sich aufrichtete, ihren Rücken straffte und dem Zivi fest in die Augen blickte.

»Ich weiß nicht, wovon Sie reden«, sagte sie. »Ich kenne diesen Herrn Petersen gar nicht, er ist nie hier gewesen. Er soll erst nächste Woche hier einziehen. Natürlich hat seine Tochter mein Mitgefühl. Aber wollen wir doch die Kirche im Dorf lassen. Sicher taucht er bald wieder auf.«

Ein Kopfnicken, das Gespräch war beendet. Und endlich begriff der Zivi es auch. Als er schon fast zur Zimmertür hinaus war, fiel Heidi Stövhase noch etwas ein.

»Ach, übrigens, Kevin«, rief sie ihm hinterher, »das mit dem Sonntagskleid – ich hab's gestern in die Sammlung gegeben. Da waren ja schon die Motten drin. Daraus nähen die sich in Afrika noch eine hübsche Bluse. Falls die Füerbargsche sich beschwert, zieh ihr das mit dem Schottenmuster an, das steht ihr viel besser.«

Der Zivi nickte und schloss leise die Tür. Noch dreieinhalb Monate, dann war er hier raus.

54.

»Prost, Onno!«

»Prost, Ubbo.«

Nachdem sie Ubbos Sanddornlikör geleert hatten, waren sie zu dem von Onno spendierten Köm übergegangen. Und wurden allmählich gesprächiger.

»Willkommen auf Norderney.«

»Danke für die Einladung, Ubbo.«

»Ist doch Ehrensache. Wenn wir nicht zusammenhalten, sind wir die Gelackmeierten. Aber das hätten sie gern! Wohlsein, alter Gauner!«

»Wohlsein!«

Sie leerten ihre Gläser auf ex.

»Und wie viele Piepen, sagtest du, hast du meinem feinen Herrn Sohn beim zweiten Mal abgenommen?«

»Dreiundzwanzigtausend und ein paar Zerquetschte.«

»Blixkeerl, das reicht für die Miete.«

Ubbo hatte für Onno die ehemalige Mädchenkammer hinter der Küche geräumt. Früher hatte Kais Mutter darin ihre Nähmaschine aufgestellt und die Bügelwäsche erledigt. Er selbst benutzte die Kammer schon lange nicht mehr. So weit kam es noch, dass er auf seine alten Tage anfinge, seine Hemden zu bügeln! Kais altes Jugendzimmer wäre natürlich geräumiger und bequemer gewesen. Aber wenn Kai ihn besuchte, wäre er seinem Sohn eine Erklärung für die Umquartierung schuldig. Und es sollte ja niemand erfahren, dass sich Onno hier in seinem Hause verbarg. Schon gar nicht sein eigener Junge. Ubbo machte sich nichts vor, Kai würde den Spaß nicht verstehen. Wahrscheinlich würde er schnurstracks zur Polizei rennen und Onnos Versteck verraten. Und damit auch seinen eigenen alten Herrn.

Womit Ubbo nicht gerechnet hatte, war, dass Onno seiner Einladung so schnell Folge leisten würde. Sie waren ja nicht gerade Freunde gewesen. Aber das war eben der Vorteil des Alters, die letzten Vorurteile fielen von einem ab. Man konnte es sich endlich leisten, auch mit seinem Erzfeind gemütlich ein Schnäpschen zu trinken. Zumal man längst schon vergessen hatte, warum man sich nicht gemocht hatte früher. Sie hatten sich doch nicht etwa wegen Frauke gestritten? Aber warum sonst? Wegen der sauertöpfischen Gerda bestimmt nicht!

Aber egal. Ihrer beider Plan war genial. Auf die Idee, dass der alte Onno Petersen Unterschlupf bei Ubbo Riepke gefunden hatte, würde so schnell niemand kommen. Und von ihrem persönlichen Zwist einmal abgesehen – wer suchte schon einen eingefleischten Juister auf Norderney? Eher würde seine Tochter ihn in Miami vermuten, hatte Onno gesagt.

Bevor er seine Pfeife in Brand setzte, schenkte Ubbo noch einmal nach.

»Prost, Onno. Auf Miami.«

»Auf Miami, Mann!«

Während sie tranken, guckte Onno seinen Gastgeber nachdenklich an. War es jetzt schon an der Zeit, ihn in sein nächstes Projekt einzuweihen? Aber klar, lieber jetzt als gleich. Sie hatten keine Zeit mehr zu verschenken. Ihr Leben war hier und jetzt.

Er knallte sein Glas auf den Tisch. »Hör mal, Ubbo«, setzte er an. »Stichwort Miami. Einmal im Leben will man doch den großen Reibach machen, oder? Und gerade jetzt, wo unsere Renten nicht mehr sicher sind und wir hier bald die Inflation kriegen. Der kluge Mann beugt vor, oder wie siehst du das?«

Ubbo sog an seiner Pfeife. »Schieß los«, nuschelte er,

ohne die Pfeife aus dem Mund zu nehmen. »Denkst du an was Spezielles?«

Onno nickte. »Sehr speziell.«

»Hol mich der Teufel«, grinste Ubbo und stieß ein paar Rauchwölkchen aus. »Was immer es ist. Ich bin dabei, Onno.«

55.

Antje Augustin war lange nicht in der Kirche gewesen. Aber heute wusste sie sich keinen besseren Rat. Sie musste einmal eine Stunde für sich allein sein, sich ihrer Gefühle innewerden. Während Frerich Frerichsens Palmsonntagspredigt an ihr vorbeirauschte, ohne dass sie ein Wort vernahm, konnte sie in aller Ruhe ihren Gedanken nachhängen.

Lieber Gott, worauf hatte sie sich nur eingelassen? Aber nun war sie schon so weit gegangen, da kam es nicht mehr darauf an, ob sie noch weiter ginge. Umkehren war ausgeschlossen. Oder gab es noch eine Rettung für sie?

Nein, es war einerlei, eine Lüge war eine Lüge und Unterschlagung war Unterschlagung. Betrug war Betrug. Wenn man die Dinge vom Prinzip her betrachtete, und sie betrachtete die Dinge stets prinzipiell, dann machte es keinen Unterschied, ob man sich um dreitausendvierhundertfünfzig Euro bereichert hatte oder um hunderttausend. Oder wie viel auch immer sie heute erbeuten würden – vorausgesetzt, Marc-Olivers

Plan ginge auf. Seinen Fischzug hatte er es genannt, den großen Coup.

Ihr Blick blieb vorn am Altarbild hängen, das Jesus mit seinen Jüngern in einem Fischerboot zeigte. Wie ernst und traurig die Männer dreinschauten. Vermutlich, weil sie keine Frauen mitgenommen hatten in ihrem Boot. Die kleinen Spielzeugfische schienen ihnen durch die Hände oder durch ihr Netz zu gleiten, das sowieso viel zu grobmaschig für sie war. Im Hintergrund stand eine kleine, geradezu mickrige Sonne von schmutzigem, kaltem Gelb. Dass sie über der Szene leuchtete, hätte man nicht gerade sagen können. Antje konnte sich nicht helfen – wenn man sie um ein Altarbild gebeten hätte, hätte sie den Fischfang mit dem Heiland in fröhlicheren Farben gemalt.

Diese Männer wussten ja gar nicht, wie gesegnet sie waren!

Würde ihr geplanter Fischzug sie und Marc-Oliver zu glücklicheren Menschen machen? Konnte sie – mal angenommen, dass alles glückte – mit diesem Mann freier werden? Oder begann jetzt der alte Perfektionismus, nur auf höherer Ebene, von vorn? Oh lieber Gott, was hatte sie nur getan, was hatte sie ihm schon alles verraten? Was hatte er aber auch für Fragen gestellt, mit was für Details sie gelöchert! Wurden in dieser Jahreszeit täglich mehr Euro eingezahlt in ihrer Bank oder mehr Euro abgehoben? Wie viele Schließfächer gab es, wie viel lagerte im Keller der Bank im Tresor? Und wie kam das Geld überhaupt auf die Insel?

Im Bankgeschäft kannte er sich aus, das war einmal klar. Und zwar im großen Stil, wegen ein paar lumpiger tausend Euro würde diesem Mann kein graues Haar wachsen. Es machte ihr Angst. Aber genau das war es, was Antje bewunderte.

Seltsam, dass ausgerechnet sie zu Marc-Olivers Helfershelferin avanciert war. Ausgerechnet sie hatte er auserkoren. Eine Räuberbraut, ein Ganovenflittchen. Die brave Antje Augustin, der ein unterschlagenes Hotelhandtuch einst schlaflose Nächte bereitet hatte. Sah man ihr die Veränderung bereits an?

Glücklicherweise würde sie nicht selbst mitmachen müssen beim großen Coup, jedenfalls nicht direkt Hand anlegen. Die schmutzige Arbeit erledigte Marc-Oliver lieber allein. Er hatte sie nicht einmal eingeweiht, wie er genau vorgehen wollte. Ihr sollte es recht sein, sie wollte es gar nicht so genau wissen. Es war sicher besser so. Ihre Aufgabe wäre es lediglich, Manni Arning am frühen Vormittag abzulenken. Das dürfte wohl die leichteste Übung sein. Zumal morgen der erste April war. Im Notfall würde sie sich immer auf einen Aprilscherz herausreden können.

Pfarrer Frerichsen schien am Ende seiner Predigt angekommen zu sein. Antje wurde von einem schlechten Gewissen ergriffen. Sie hatte überhaupt nicht zugehört, wusste nicht, wovon er gesprochen hatte. Was, wenn jemand sie später danach fragte? Aber wer sollte das sein? Kein Mensch würde sich je dafür interessieren, ob und wie ihr die Predigt gefallen hätte. In das bange Gefühl mischte sich eine Ahnung von Lust. Sie hatte schon ein paar kleine Fortschritte gemacht. Es war nicht mehr so, dass sie nur immer perfekt war. Und trotzdem hatte sich Marc-Oliver auf der Stelle in sie verliebt. Oder gerade deswegen. Es stimmte doch? Ja, er hatte es ihr glaubhaft versichert. Sie wusste noch nicht, ob auch sie wirklich verliebt war in ihn. Oder nur in das Abenteuer? Vielleicht würde der morgige Tag es ihr zeigen.

56.

Wind und Wogen, die Gezeiten waren ihnen wohlgesinnt. Und auch der alte Außenbordmotor, der auf Anhieb angesprungen war und seinen Geist nicht, wie befürchtet, nach kurzem Tuckern sogleich wieder aufgab. Und wider Erwarten war der Tank sogar gut gefüllt. Die *Fietje 3* würde sie vielleicht auch auf der Rückfahrt nicht im Stich lassen, so hoffte Onno.

Die Idee mit dem Bötchen ging auf Ubbo Riepkes Konto. Auch daran sah man wieder, wie sinnvoll es war, sich zusammenzutun. Zu zweit waren sie einfach stärker. Hatten bessere Ideen, größere Schlagkraft, mehr Widerstandsgeist. Waren ein Team. Allein hätte Onno doch nur wieder vor seinen Verkleidungsproblemen gestanden, hätte gedacht, sich etwas Originelles einfallen lassen zu müssen, um unerkannt von Norderney nach Juist und dann auch noch wieder zurückzukommen. Mitten in seine Grübeleien hinein hatte Ubbo diese praktische Lösung vorgeschlagen: »Wir kapern ein Boot!«

Im Grunde ein so naheliegender Gedanke.

Und deshalb stand Onno nun am Steuerrad der *Fietje 3*, die sie sich vom alten Hein ausgeliehen hatten, und fühlte sich um Jahre verjüngt. Herrlich lebendig.

Der alte Hein war der letzte von Ubbo Riepkes Skatbrüdern, der noch unter den Lebenden weilte. Anstatt Skat zu spielen, was zu zweit natürlich nicht ging, trafen Hein und Ubbo sich nur noch hin und wieder auf ein Glas Bier. Vielleicht würden sie demnächst, mit Onno, eine neue Skatrunde eröffnen? Ubbo war sich nur noch nicht sicher, ob es ratsam war, den alten Hein einzuweihen. Selbst ein alter Schweiger wie er konnte zu viel reden, wenn der Tag lang war. Onno aber musste inkognito bleiben. Nach Norderney durften seine Spuren nicht führen. Aus diesem Grund hatte Ubbo es auch vorgezogen, nicht um Erlaubnis zu fragen, als er sich das Boot seines Freundes auslieh. Lieber hatte er ihn am Sonntagabend mit ein paar Flaschen Bier unterm Arm aufgesucht, es konnte doch passieren, dass einem als Witwer die Decke mal auf den Kopf fiel, und dann hatte er in einem unbemerkten Moment, als Hein zur Toilette geschlurft war, den Schlüssel an sich gebracht. Bis Hein ihn vermisste, hinge er längst wieder an seinem Haken. Das war nur ein Diebstahl des Gebrauchs, *furtum usus*, so nannten es die Juristen. Der harmloseste Teil ihre Plans. Ein kleiner Freundschaftsdienst, auch wenn der Freund gar nichts von seinem Dienst wusste.

Da vorn tauchten schon die Dünen vom Kalfamer im Morgendunst vor ihnen auf. Zum Glück war Hochwasser, sie würden ohne Probleme von der Landseite her dicht an die Insel herankommen und nicht mehr als zwei, drei Schritte im knietiefen Wasser waten müssen, bis sie den Strand erreicht hatten. Onno drosselte das Tempo. Auch wenn er sein eigenes Segelboot vor langer Zeit abgeschafft hatte, und obwohl die Natur hier ständig in Bewegung war und sich die Grenzen zwischen Wasser und Land und die Sandbänke und Untiefen von Jahr zu Jahr veränderten und verschoben, so hatte er doch immer noch das Gefühl, dass er sich hier im Schlaf zurechtfinden würde. Mit geschlossenen Augen würde er auf die richtige Stelle am Strand zuhalten, wenn es darum ginge, sicher an Land zu kommen. So etwas verlernte einer nicht, dem die Seefahrt im Blut lag.

Am Kalfamer würden sie das Boot an den Strand ziehen und in einer Dünenmulde verbergen. Angst, dass jemand sie dort bemerkte, hatte Onno nicht. In diesen

Teil der Insel verirrte sich in dieser Jahreszeit so leicht niemand. Und der Dünenwart doch schon gar nicht. Erst einmal würden sie zünftig frühstücken, sich mit Brot, geräucherten Makrelen und einem Schluck Kaffee aus der mitgebrachten Thermosflasche stärken. Die grüne war diejenige, aus die sie trinken wollten, darauf mussten sie achten.

Und dann würden sie ihre Gewehre schultern und querfeldein marschieren, Richtung Flugplatz und noch ein Stückchen am Flugplatz vorbei, auf der Suche nach der bestmöglichen Stelle. Denn heute würden sie zuschlagen, aber richtig. Die Überschrift für diesen Tag lautete: High Noon auf der Insel.

57.

Seit zwei Stunden lag Marc-Oliver nun schon hinter diesem Gesträuch in den Dünen nahe des Flughafens auf der Lauer und wartete darauf, dass es endlich losging. Zwischendurch blies er in seine Hände und rieb sie, um sich zu wärmen, gegeneinander. Klamme Finger konnte er heute Morgen nicht brauchen. Leider war es immer noch verdammt kalt für die Jahreszeit, auch wenn es auf Ostern zuging und der Frühling nun irgendwann kommen musste.

Früh am Morgen, fast noch zu nachtschlafender Zeit, war er aufgebrochen. Nicht, weil schon so früh mit dem Geldboten zu rechnen war, sondern weil niemand ihn sehen sollte, wenn er aus Antje Augustins Wohnung schlich. Schlimm genug, dass er die Frau zu seinem

Zeugen hatte. Hoffentlich erwies sich ihre junge Liebe als groß – oder blind – genug für die von ihm geschmiedeten Pläne.

Immerhin hatte sie ihm freimütig verraten, wo und wie das Geld auf die Insel kam. Wann der Geldbote dieser privaten Firma mit dem Flugzeug landete. Welche Route vom Flughafen zum Dorf er mit dem Fahrrad zurücklegte. Wie er gesichert war. Und dass er an diesem Morgen, dem ersten April, einen größeren Betrag bei sich hatte. So weit war sie seinetwegen schon über ihren Schatten gesprungen. Sie würde noch weitergehen. Offenbar war sie ihres langweiligen Lebens überdrüssig geworden, hatte es satt, immer die Brave zu spielen. Freiheit und Abenteuer waren das, was sie suchte. Und was er ihr, trotz allem, vielleicht immer noch bieten konnte.

Zum hundertsten Mal fasste Marc-Oliver in seine Jackentasche und fühlte nach dem Küchenmesser, das er aus Antjes Schublade entwendet hatte. Sie wusste davon nichts, hätte es ihm sicher ausgeredet. Bewaffneter Raubüberfall. So weit war es nun also mit ihm gekommen. Aber er sah keine andere Möglichkeit mehr.

Das Messer war immer noch da. Der Griff glatt und kühl, *Juister Brötchensäge* stand in schnörkeligen Buchstaben darauf geschrieben, die Klinge so scharf, dass er sich bereits in den Daumen geschnitten hatte. Antje war keine Frau, die stumpfe Messer in ihrer Schublade hatte. Die Spitze hatte bereits ein kleines Loch in seine Tasche gebohrt. Natürlich wollte er nicht wirklich Gebrauch machen von dieser Waffe. Die abschreckende Wirkung würde hoffentlich reichen. Er würde dem Mann das Messer an den Hals setzen und das Geld an sich bringen. Und dann musste er ihm einen Haken verpassen, der ihn für eine Weile außer Gefecht setzen würde, mindestens so lange, bis er aus dessen Sichtweite verschwunden war. Dies war der schwierigste Teil seines Plans. Es musste ihm gelingen, unbemerkt in Antjes Wohnung zurückzugelangen, während sie bei der Polizei Zeter und Mordio schrie. Hoffentlich reichte ihr schauspielerisches Talent dafür aus. Es war alles genau abgesprochen. Wenn sie alles richtig machte, so verfuhr, wie er es ihr aufgetragen hatte, würde man ihn auf dem Festland suchen und nicht länger bei ihr auf der Insel.

58.

Es war ein ruhiger Montagmorgen. Ein heiterer Morgen, trotz des schlechten Wetters, denn es war ihm gelungen, seinen Jüngsten in den April zu schicken. Von Jahr zu Jahr wurde das schwieriger. Man konnte nicht mehr so einfach behaupten, dass ein Löwe in der Küche sei und sich gerade über die Packung mit dem Schokomüsli hermache. Oder dass Oliver Kahn am Telefon wäre und speziell mit ihm trainieren wollte, weil sich bis nach Bayern herumgesprochen hatte, dass Michi Doppler das größte Torwart-Nachwuchstalent im ganzen Land sei. Diese seligen Zeiten waren vorbei. Selbst auf einen so einfachen Scherz wie den, dass er verschlafen hätte und sich beeilen müsste, wenn er noch pünktlich zur Schule kommen wollte, fiel ein cooler Jugendlicher nicht mehr herein. »Ist mir doch so was von schnurz, ob ich zu spät bin«, hatte Michi im vorigen Jahr bloß gemurmelt und sich auf die andere Seite gedreht.

Aber dass zwei Herren von der Drogenfahndung

vor der Tür standen und eine Hausdurchsuchung vornehmen wollten, das hatte heute Morgen gezogen. Mit einem unterdrückten Fluch auf den Lippen war sein Sohn aus dem Bett gekrochen und zum Kleiderschrank hinübergewankt. Sieh an, ein prall mit Cannabis gefüllter kleiner Gefrierbeutel lagerte zwischen den Unterhosen. Welch eine Befriedigung für den Vater, »April, April!« zu rufen, die Hand auszustrecken und den verbotenen Beutel zu kassieren.

Heute Abend würde er ein ernstes Wort mit seinem Sohnemann reden. Fürs Erste hatte die knappe, bestimmte Geste sicher die größte Wirkung erzielt.

Auch wenn Kurt Doppler nicht gerade angetan war von den Geheimnissen seines Sohnes, so musste er doch schmunzeln in Gedanken an das Gesicht, das Michi vorhin gemacht hatte. Reichlich dumm hatte der Bursche aus der Wäsche geschaut, bis er begriffen hatte. Und beinahe noch dümmer, als der Groschen endlich gefallen war. Schade, dass man ihn nicht jeden Tag in den April schicken konnte.

Was das Wetter anging, so freute sich Kurt Doppler allerdings auf den Mai. Es konnte nur besser werden. Er musste zwar schon froh sein, wenn es nicht regnete, aber was für ein starker Gegenwind heute herrschte! Der Wind blies ihm direkt von vorn ins Gesicht, so dass er deutlich langsamer vorankam als gewöhnlich. Dennoch liebte Kurt Doppler seinen Job gerade auch an Tagen wie diesen. Es war kurzweilig, jeden Tag neu. Die kleinen Katzensprünge mit dem Spielzeugflieger von Insel zu Insel. Die Bewegung an frischer Luft, wenn er mit dem Fahrrad vom jeweiligen Flughafen durch Wiesen und Dünen zu den Ortschaften strampelte. Und nicht zu vergessen die Begegnungen mit den verschiedenen Menschen, an deren Leben er Anteil nahm, so wie sie an dem seinen. Es war ein verantwortungsvoller, menschlich bereichernder, aber nicht übermäßig anstrengender Job. Nie im Leben hätte er ihn in einer Großstadt ausüben mögen. Was da so alles passierte! Nervenkitzel und Spannung, bitte schön, gern, aber nur da, wo sie hingehörten, nämlich im Fernsehkrimi!

Aber auch von der Insel hatte er in letzter Zeit verrückte Geschichten gehört. Der alte Onno Petersen, er kannte ihn flüchtig, sollte Kai Riepke von der OLBA mit einer Flinte bedroht haben. Kurt Doppler hatte es zunächst nicht geglaubt. Bis Kai es bestätigt hatte. Und wieso hätte der Filialleiter eine solche Räuberpistole erfinden sollen? Gerade, weil sie so unwahrscheinlich klang, war die Geschichte glaubhaft.

Aber hoppla, was war das? Doppler hob den Kopf in den Wind und blinzelte. Da vorn lag doch jemand, ohnmächtig offenbar, halb auf dem Weg, halb in den Dünen. Ein Unfall? Aber was konnte jemandem hier schon Gefährliches widerfahren? Dies waren die Juister Dünen und nicht die Alpen. Auf die Schnelle fiel ihm keine Erklärung dafür ein, was der Mann dort vorne zu suchen hatte, was ihm zugestoßen sein mochte. Aber während er noch nachdachte, hatte Doppler auch schon abgebremst und war vom Fahrrad gestiegen.

Vielleicht hatte der Mann gestern Nacht nur zu viel getrunken und schlief hier seinen Rausch aus? Eine etwas ungünstige, abgelegene Stelle. Vermutlich ein Ortsfremder. Tja, der hatte sich gründlich verlaufen.

Er war doch nicht einem Herzschlag erlegen?

Mein Gott, war der Mann tot?

Doppler ging neben dem Mann in die Hocke und suchte mit der rechten Hand nach dessen Halsschlagader. Mit dem Zeigefinger fühlte er nach dem Puls. Der Mann hatte doch nicht etwa Selbstmord begangen? Im nächsten Moment verspürte Doppler einen heftigen Schmerz in der Magengrube. Der Fremde hatte ihm seinen Ellenbogen hineingerammt. Ehe Doppler noch begriff, wie ihm geschah, war der Kerl aufgesprungen und stand nun drohend vor ihm, über ihm, genauer gesagt, in den Händen ein kleines Messer.

»Keine Bewegung«, herrschte der Fremde ihn an.

Doppler verharrte auf den Knien und schaute dem Mann, der ihm das Messer jetzt mit der linken Hand an die Kehle hielt, von unten direkt in die Augen.

»Soll das ein Aprilscherz sein?«, keuchte er.

Ein Gedanke an seinen Sohn schoss ihm durch den Kopf. Michi würde seine Kränkung doch wohl bald überwinden, war hoffentlich nicht böse auf ihn? Und würde wissen, dass sein Vater ihm alles verziehen hätte? Es wäre schrecklich, dachte Doppler, jetzt sterben zu müssen, so halb im Streit mit seinem Jungen, halb entzweit.

Für den Bruchteil einer Sekunde nur hatte er die Augen geschlossen. Als er sie wieder öffnete, sah er nur noch eine Bewegung. Sie kam direkt von vorn auf ihn zu. Er hörte etwas knacken, dann wurde es dunkel um ihn.

59.

Er hatte den Mann doch nicht zu schwer getroffen? Das Nasenbein war sicher gebrochen, so, wie es sich angehört hatte eben. Hoffentlich hatte er ihn nicht sonst noch ernsthaft verletzt. Er hatte sein Opfer ja nur für eine gewisse Zeit außer Gefecht setzen wollen. Als Totschläger auf der Anklagebank enden wollte Marc-Oliver nicht.

Ansonsten war bislang alles nach Plan verlaufen. Er hatte das Rad, und er hatte die Kohle. Wie viel Euro mochten sich wohl in den abgewetzten braunen Ledertaschen befinden? Verrückte Art, das Geld zu transportieren. Auf dem Drahtesel, in Satteltaschen! So etwas gab es doch nur auf der Insel. Aber ihm war es recht.

Nun kam der schwierigere Teil seines Plans. Er musste sehen, wo er das Fahrrad versteckte. Und wie er sich unbemerkt zu Antje durchschlug, bevor sie die Insel durchsuchten. Er wollte möglichst dicht an die Wilhelmshöhe heranradeln und von dort am Strand weiterlaufen. Die Taschen würde er irgendwo in die Dünen schmeißen. Sobald das Geld erst in seinem Rucksack verstaut und quasi in Sicherheit war.

Im Moment war Marc-Oliver allerdings noch nicht in der Lage, anzuhalten und die Geldbündel umzupacken. Geschweige denn, sie zu zählen. Er war noch zu zitterig, musste erst einmal von der Stelle kommen. Die gleichmäßige Bewegung war gerade richtig, brachte ihn zur Besinnung. Ihm war, als hätte er mit seinem Faustschlag auch sich selbst matt gesetzt!

Zu dumm! Da konnte er den Leuten die aberwitzigsten Geldanlagen aufschwatzen, die gewagtesten Finanzierungspläne aushecken und die raffiniertesten Strategien erfinden, um seinen Kunden das Geld aus der

Tasche zu ziehen. Aber diesen Plan hatte er nicht richtig zu Ende bedacht. Hatte längst nicht alle Eventualitäten erwogen. Andernfalls hätte er dem Mann doch als Erstes sein Handy abnehmen müssen! Was, wenn der Geldbote schneller als gedacht wieder zu sich kam und in diesem Moment schon die Polizei verständigt hatte?

Marc-Oliver spürte, wie ihm unter der Nylonjacke, die Antje ihm besorgt hatte – ein typisches Schnäppchen von Tchibo – der Schweiß ausbrach und sich unangenehm staute. Verdammt, vielleicht radelte er dem dicken Inselpolizisten direktemang in die Arme? War der nicht übrigens insgeheim auch hinter Antje Augustin her?

Wegen des Gegenwindes war Marc-Oliver mit gesenktem Kopf gefahren, hatte jeweils nur auf die paar Meter Weges, die direkt vor ihm lagen, geachtet. Oder hatte ihn etwa ein Bewusstsein von Schuld daran gehindert, frei geradeaus zu blicken? Jetzt aber hob er den Kopf. Ausschau halten, so hieß die Devise, die er sich in diesem Moment selbst erteilte –

– aber als er aufschaute, blickte er fast direkt in den Lauf einer Flinte. Er stoppte abrupt, drehte sich um, wollte wenden – eine zweite Flinte bohrte sich ihm in den Rücken.

Marc-Oliver stürzte. Beim Versuch, sich abzufangen, knallte er mit seinem empfindlichsten Körperteil auf die Fahrradstange. Ihm wurde schwindelig, er sackte zusammen. Schrammte mit dem Oberschenkel am Rahmen entlang.

»Runter vom Rad«, hörte er.

Was zum Teufel …?

Er kippte halb auf den Weg, halb daneben, schlug sich an der Lenkstange die Wangen blutig. Ein Klicken drang an sein Ohr.

Wer zum Teufel! Zwei alte Männer!

Vage dachte er, dass er sich verteidigen müsste. Sein Geld verteidigen müsste. Es war doch sein Geld. Er hatte es schließlich zuerst erbeutet. Und er brauchte es dringend. Die Dinge standen immer demjenigen zu, der sie am meisten brauchte, oder nicht? Und am meisten liebte, vielleicht.

Inzwischen war die Handschelle um sein Gelenk zugeschnappt. Der eine Tattergreis war dabei, ihn an die Fahrradspeichen zu fesseln, während ihm der andere, nicht minder tatterige Kumpan unverzagt die Flinte in seine Brust rammte.

»Nicht schießen«, flüsterte Marc-Oliver.

Oder vielleicht wollte er es auch nur flüstern. War aber nicht mehr in der Lage dazu.

Aus den Augenwinkeln beobachtete er, wie der Alte, der ihn ans Rad gebunden hatte, eine rote Thermosflasche aus einem Rucksack kramte. Er schraubte den Deckel ab und schnupperte an der Flasche.

»Die rote war doch die richtige, oder?«

»Mensch, U-Boot, red nicht so viel«, brummte der andere.

Marc-Oliver schloss die Augen, aber es nützte ihm nichts. Schon setzte ihm der Alte mit dem seltsamen Spitznamen die Flasche an den Hals und flößte ihm abgrundtiefe Furcht sowie einen Schluck bitteren schwarzen Kaffees ein.

Marc-Oliver spuckte, bäumte sich auf, wollte sich weigern zu schlucken.

Der andere verstärkte den Druck mit seinem Gewehr.

Seltsam, was für Gedanken das Gehirn unter Stress dachte. *At gunpoint*, so nennen es die Engländer, dachte Marc-Oliver.

Mit vorgehaltener Waffe zwangen die beiden Alten ihn, das bittere Gesöff zu schlucken.

»So ist es brav.«
Das war das Letzte, was Marc-Oliver hörte.

60.

»April, April!«, rief Manfred Arning und unterbrach die Verbindung, indem er die rote Taste drückte. »Verarschen kann ich mich selbst!«

Er knallte das Telefon in die Aufladestation und schlug mit der Faust so heftig auf den Schreibtisch, dass der Aktenschrank wackelte. Hatten sich denn heute Morgen alle gegen ihn verschworen? Aus dem Alter, wo man sich einen Spaß daraus machte, andere Leute in den April zu schicken – oder geschickt zu werden – war er heraus.

Erst der alberne Anruf von Antje Augustin. »Hilfe, Überfall, er hat mich im Schalterraum eingesperrt und an den Schirmständer gefesselt!«

Natürlich war er losgestürmt wie ein eifriger junger Polizeianwärter, der sich seine ersten Sporen verdienen wollte. Und zum Dank für seinen Einsatz hatte Antje ihm eine Räuberpistole aufgetischt, wie sie hanebüchener nicht hätte sein können. Danke bestens auch. Angeblich war sie überfallen worden, und zwar von einem maskierten Mann, den sie erst nicht erkannt haben wollte, in dem sie nun aber Sibylle Petersens Feriengast vermutete, jenen Mann, der sich vor ein paar Tagen das Leben hatte nehmen wollen und von Habbo Schwips vor dem Ertrinken gerettet worden war, Marc-Oliver Reichert, den sie in ihrer Menschenfreundlichkeit übers Wochenende bei sich beherbergt hatte.

»Ich konnte doch nicht ahnen, dass er so ein Schwerverbrecher wäre ...«

Angeblich hatte Reichert ihr den Mund mit Paketklebeband zugeklebt, so dass sie kaum hatte atmen können, und sie dann mit Händen und Füßen am Schirmständer festgebunden. Dafür hatte er ebenfalls jede Menge braunen Klebestreifens benutzt.

Seltsam war nur, dass es Antje gelungen war, die Fesselung an Mund und Händen aus eigener Kraft abzustreifen, nicht aber die an den Füßen. So hatte sie sich angeblich – mit dem Schirmständer im Schlepptau – quer durch die Schalterhalle an ihre Handtasche herangerobbt, um ihr Handy hervorzukramen, während sie immer noch mit den Füßen gefesselt war.

Nur an den Füßen sollte der Bösewicht ganze Arbeit geleistet haben, während er bei Mund und Händen wie ein Dilettant vorgegangen war? Manfred Arning mochte Antjes Geschichte nicht glauben. Diese harmlosen Striemen an den Wangen und Handgelenken konnte sie sich genauso gut selbst zugefügt haben. Und bei näherem Hinsehen sah auch die Fesselung an den Füßen bedenklich nach Do-it-yourself-Arbeit aus.

Schon gar nicht aber hatte Arning der Filialleiterin geglaubt, als sie nach einem oberflächlichen Blick in die Kasse behauptet hatte, es würde eine größere Geldsumme fehlen. Schmierenkomödie! Laientheater! Mit diesen Worten hatte er sie schließlich zum Weinen gebracht.

Er hatte ihr zwei Stunden Zeit gegeben, um ihre Story noch einmal zu überdenken. Und das fehlende Geld wiederzufinden. Sie aber hatte trotzig und dumm wie ein kleines Schulmädchen auf ihrer Version der Geschichte beharrt.

Daraufhin war er in seine Amtsstube zurückgekehrt. Er war äußerst schlechter Laune. Dass die Leute immer nicht begreifen konnten, wenn jemand es gut mit ihnen meinte! Er hatte doch nun wirklich eine Menge für Antje getan. Sie war eine Frau, für die so mancher seine Ehe aufs Spiel setzen würde. Natürlich nicht er – auch wenn seine Frau das glauben wollte und es ihm bei ihrem letzten Anruf aus dem Schwarzwald im Scherz vorgeworfen hatte.

Arning konnte sich nicht erklären, warum die stets so seriös und zuverlässig wirkende Antje plötzlich solch groben Unfug trieb. Was war nur in sie gefahren? Sie selbst konnte es vermutlich am allerwenigsten sagen. Arning konnte nur darauf hoffen, dass die Frau wieder zur Besinnung kam, ehe er weiter gegen sie ermitteln oder sie gar verhaften musste.

Und nun auch noch dieser Anruf! Was sollte er davon halten? Entweder steckte Kurt Doppler mit Antje Augustin unter einer Decke. Aber das war eher unwahrscheinlich, Arning kannte den Mann. Wenn einer korrekt war, dann Doppler. Aber war es möglich, dass der Geldbote ebenfalls überfallen worden war? Tatsächlich passte Dopplers Beschreibung des Täters haargenau auf diesen Marc-Oliver. In diesem Fall wäre an Antjes Räuberpistole doch etwas dran? Arning konnte es noch immer nicht glauben.

Dennoch erhob er sich schwerfällig, band sich in aller Gemütsruhe sein Holster um und steckte seine Dienstwaffe ein. Nach dem Rechten sehen musste er natürlich, erster April hin oder her. Ein kleiner Spaziergang, reine Routine, so sah er die Sache. Jedenfalls würde er sich deswegen nicht extra beeilen.

61.

Der Juister Inselpolizist glaubte ihm nicht. Kurt Doppler konnte es ihm nicht verdenken. Wäre ihm diese Sache nicht selbst widerfahren, hätte er sie auch nicht geglaubt. Sein Gesicht allerdings war ein einziger Schmerz, ein Brennen, das der Wind noch weiter entfachte. Der Beweis, dass er das Geschehen nicht bloß geträumt hatte vorhin. Verdammt, dieser Kerl hatte wirklich fest zugeschlagen.

Er wagte nicht, seine Wangen zu befühlen, sich das Blut abzutupfen. Seine Augen waren zugeschwollen, seine Nase zu einem unförmigen Fremdkörper angewachsen. Kaum sah er noch an diesem blauvioletten Klumpen vorbei. Aber denken konnte er noch, auch wenn ihm der Schädel brummte. Dass Manfred Arning ihm den Überfall zunächst nicht geglaubt hatte, würde dem Polizisten bald leid tun. Spätestens, wenn der ihn im Krankenhaus aufsuchen musste. Aber jetzt galt es, keine Zeit zu verlieren, jede Minute war kostbar. Vielleicht war der Mann, der ihn k. o. geschlagen hatte, ja noch auf der Insel und lief ihnen auf der Flucht in die Arme?

Offenbar war dieser Räuber ein Dilettant. Einer, der zu fest zuschlug, aber seinem Opfer das Handy gelassen hatte. Wenn nur dieser dumme Polizist nicht so skeptisch wäre!

Mit pochendem Schädel versuchte Doppler, sich aufzurappeln. Konnte er es wagen, sich ganz aufzurichten, oder würde er gleich wieder kollabieren? Sollte er besser auf allen vieren auf dem Weg weiterkriechen? Eine Stichflamme schoss durch seinen Kopf, als er sich aus der Hocke erhob. Aber langsam, langsam – so ging es doch. Er kippte nicht gleich wieder um. Allmählich gelang es ihm sogar, einen Fuß vor den anderen zu setzen und sich auf den Weg Richtung Dorf zu machen. Hoffentlich kam ihm bald jemand entgegen. Die Leute brauchten ihn sicher nur anzusehen, dann würden sie ihm schon glauben. Er würde den Erstbesten, den er traf, davon überzeugen, dass sie bei der Inselpolizei anrufen mussten. Und dann galt es, so schnell wie möglich auch die Nachbarinseln und das Festland zu verständigen und sämtliche Häfen zu sperren.

62.

»He, du Scheißkerl!«

»Sag schon, wo ist das Geld?«

Aus weiter Ferne drangen die Stimmen zu ihm. Marc-Oliver konnte sie nicht sogleich orten, nicht einordnen, konnte nicht verstehen, was es war, das sie ihm mitteilen wollten. Als wäre er unter Wasser, so fühlte er sich, auf seinem Gehirn lag ein solcher Druck, als müsse es gleich zerplatzen. Jetzt griff ihm auch noch jemand an seine Schulter und schüttelte ihn. Der wäre schuld, wenn sein Kopf im nächsten Moment bersten würde.

»Ist er das?«, hörte er.

»Und ob er das ist! Zweifelst du etwa immer noch, Arning?«

»Wir müssen ihn bewegen, bis Uphoff kommt. Fass du mal da an, Doppler.«

»Bitte, nicht so schaukeln!«, wollte er sagen, aber es kam nur ein Blubbern, ein Rinnsal aus Spucke und

Silbenresten, aus seinem Mund. Und dann wurde ihm schlecht, etwas Bitteres schwoll in ihm an und ergriff von ihm Besitz und füllte ihn für einen Moment aus vom Hirn bis zum Magen. Er erbrach sich direkt auf sein Hemd. Und auf die Hände dessen, der ihn gerade umklammerte und hochhieven wollte.

»Scheiße, Mann, du sollst dich ergeben, aber nicht übergeben«, schrie eine Stimme.

Zusammen mit dem Bitteren war eine vage Erinnerung in Marc-Oliver aufgestiegen. Ein Bild von zwei alten Männern. Mit dem nächsten Schwall gelang es ihm, auch diese Erinnerung auszuspucken.

»Altarmann«, brabbelte er. »Uno. U-Boot.«

»Komplize«, wollte er außerdem sagen, aber dazu kam es nicht mehr. Inzwischen war ein dritter Mann eingetroffen, eine dritte Stimme, die Marc-Oliver noch nicht kannte und die kurze, sachliche Befehle erteilte. Jemand wagte es, ihm mehrere Male ins Gesicht zu schlagen, links und rechts, dass es knallte. Danach spürte er für lange Zeit gar nichts mehr.

63.

»Hallo, Manni. Wie ich höre, hat es Probleme gegeben. Sag mal, hat mein Vater mit der Sache zu tun?«

»Absolut nicht, mach dir keine Sorgen, Sibylle. Ich weiß zwar nicht, wo dein alter Herr steckt. Aber dies heute war eine andere Kiste.«

»Du darfst wohl nicht darüber reden, Manni?«

»Ach, was soll's, du wirst es ja doch erfahren. Ich hab heute Vormittag deinen Pensionsgast festgenommen, diesen Reichert, Marc-Oliver. Der hat erst die Auricher Darlehenskasse überfallen und bei der Gelegenheit der armen Antje Augustin den Schock ihres Lebens verpasst, und dann hat er auch noch dem Geldboten aufgelauert. Und ihm leider schwer zugesetzt, das Nasenbein ist gebrochen. Na ja, Hauptsache, Doppler hat den Überfall überlebt.«

»Er hat sich doch nicht meinen Vater zum Vorbild genommen? Herr Reichert, meine ich? Wenn das so wäre, hätte ich keine ruhige Minute mehr.«

»Aber Unsinn, Sibylle. Dein Vater würde doch niemandem die Nase blutig schlagen. Nein, nein, solche Leute kommen leider von selbst auf ihre dummen Gedanken.«

»Damit hast du recht, Manni, mein Vater täte keiner Fliege je was zuleide. Danke, dass du mich aufgeklärt hast. Und du rufst mich an, falls du was hörst von meinem Olling?«

»Sowieso, Sibylle. Als Allererstes, versprochen. Mach dir keine Sorgen, der taucht schon wieder auf, der gute Onno.«

»Danke, Manni.«

»Da nicht für, Sibylle.«

Und tschüss!

Manfred Arning legte den Hörer aus der Hand, ließ die Schultern kreisen und boxte mehrmals mit beiden Fäusten in die Luft. Nach der Schlepperei am Vormittag war er völlig verspannt, er musste sich dringend lockern. Zu dritt hatten sie sich ganz schön abplagen müssen, Dr. Uphoff, Kurt Doppler und er, bis sie den Gefangenen in die Zelle neben seiner Amtsstube verfrachtet hatten. Von wegen, ein notleidender Banker! Dieser Schurke hatte immer noch Übergewicht.

Uphoff, der Inselarzt, hätte Reichert am liebsten in seiner Praxis untergebracht, aber davon hatte Arning nichts wissen wollen. Der Kerl war ein gefährlicher Krimineller. Wer weiß, was er mit Uphoff anstellte, sobald es ihm wieder besser ging. Nein, nein, dieser Bursche würde die kommende Nacht hier auf der Wache in Polizeigewahrsam verbringen; das gab Arning auch die nötige Zeit, um zu entscheiden, was weiter mit Reichert geschehen sollte. Wenn Uphoff es für nötig hielt, konnte er jederzeit vorbeikommen und in der Zelle nach seinem Patienten schauen.

Dabei war es Arning nicht nur um die Sicherheit des Inselarztes zu tun. Er hatte seinen ganz persönlichen Ehrgeiz. Morgen früh musste er den Verdächtigen und mutmaßlichen Räuber persönlich aufs Festland bringen und den Kollegen von der Kripo in Aurich übergeben. Bis dahin wollte er herausgefunden haben, was sich heute Morgen wirklich in den Dünen abgespielt hatte. Es gab einfach noch zu viele Ungereimtheiten in der ganzen Sache.

Zunächst einmal war da diese seltsame Duplizität des Gefesseltwerdens. Antje war an den Schirmständer gebunden gewesen, wenngleich nur mit Klebeband, und Reichert hatten sie mit einer Handschelle an die

Fahrradspeichen gefesselt gefunden. Konnte das Zufall sein? Oder trugen beide Überfälle dieselbe Handschrift? Aber wessen Handschrift sollte das sein? Allem Anschein nach Reicherts. Doch Arning konnte immer noch nicht glauben, dass Antje Augustin wirklich gefesselt gewesen war. Ihre Geschichte wies ein paar Schönheitsfehler auf. Und was, bitte schön, hätte Reichert damit bezwecken wollen, sich selbst an das Botenfahrrad zu ketten? Jeder vernünftige Mensch hätte nach einem erfolgreichen Überfall doch so schnell wie möglich das Weite gesucht! Reicherts Verhalten ergab überhaupt keinen Sinn. Außerdem fehlte weit und breit jede Spur von der Beute. Die großen, braunen Satteltaschen, in denen Doppler das Geld transportierte, waren verschwunden. Außer seinem Fahrrad hatten sie nichts von seinen Sachen gefunden. Davon abgesehen, war es völlig rätselhaft, warum und womit sich Reichert vergiftet haben konnte, oder viel mehr, betäubt. Uphoff hatte von irgendwelchen Barbituraten gesprochen, sie hatten aber weder eine leere Tablettenpackung noch sonst etwas in Reicherts Nähe gefunden.

Logischer war also die Annahme, dass Reichert nach seinem eigenen Coup selbst das Opfer eines Überfalls geworden war. Aber wer hatte ihm aufgelauert? Konnte es sein, dass Antje Augustin mit dem wahren Täter unter einer Decke steckte? Hatte sie versucht, Arning zu täuschen und deshalb die Schuld auf den lebensmüden Banker geschoben?

Sobald der Mann halbwegs ansprechbar war, musste Arning ihn dringend befragen.

64.

Ein paar Stunden später hatte sich der Polizist Klarheit verschafft. Zwei alte Männer mit Schrotflinten, und der eine der beiden Komplizen hatte U-Boot geheißen. Was sollte er davon halten? Es sah nicht gut aus für Onno.

Draußen auf der Straße hatten sich inzwischen einige wackere Insulaner versammelt, die Zutritt zur Wache verlangten.

»He, Arning, wo ist das Schwein!«, brüllten sie, und »Lass uns rein, Manni!«

Jeder Einzelne von ihnen konnte sich lautstark Gehör verschaffen.

»Schick ihn raus! Dem werden wir zeigen, wie wir hier mit solchen Idioten verfahren!«– »Lass uns kurzen Prozess machen, Manni!«

Am lautesten schrien freilich ein paar Feriengäste, die sich spontan an dem unerwarteten Spektakel zu Beginn ihrer Osterferien erfreuten.

»Kreuziget ihn, kreuziget ihn!«

Manfred Arning kam sich vor wie Pontius Pilatus persönlich. Solange Reichert in seiner Zelle saß, sich gewissermaßen nicht nur in Polizeigewahrsam, sondern in polizeilicher Obhut befand, war der Bursche in Sicherheit. Aber wehe, er fiele der aufgebrachten Menschenmenge dort draußen vor der Tür in die Hände. Dann könnte Arning für seine Unversehrtheit nicht mehr garantieren.

Wenn die Leute wüssten, wer in Wahrheit die Kohle hatte! Lauter ehrenwerte Insulaner. Antje Augustin, die eiserne Antje, die anscheinend nicht halb so anständig war, wie die Leute dachten. Onno Petersen. Und wenn Arning eins und eins richtig zusammenzählte, der alte

Ubbo Riepke als Dritter im Bunde. Er war der Einzige weit und breit, den Arning kannte, der auf den schönen ostfriesischen Namen Ubbo hörte. Ausgerechnet Kai Riepkes Vater – Zufall etwa auch das? Wenn schon Ubbo Riepke seine Finger im Spiel hatte – war dann auch Kai noch mit von der Partie? Der Inbegriff der Seriosität, der sauberste Filialleiter aller Zeiten?

Ihm schwindelte. Die Dimensionen dieser Geschichte überstiegen alles jemals Gehörte. Und wer sagte denn, dass nicht auch noch Sibylle Petersen-Rodi eine heimliche Mittäterin war?

Angesichts aller möglichen Verstrickungen und Komplikationen erschien ihm dieser Marc-Oliver Reichert wie ein vergleichsweise harmloser Fisch. Von wegen, »Der hat erst die Beute beiseite geschafft und dann ein paar Schlaftabletten genommen, um uns alle zu täuschen, weil er anders nicht von der Insel käme …«!

Dies war die Lösung, an die man allgemein glaubte. Zugegeben, auch Arning hatte diese Möglichkeit kurz in Betracht gezogen, die Idee aber wieder verworfen. In diesem Fall hätte der Mann einen Komplizen auf der Insel gebraucht, jemanden, der das Geld laut Plan aus dem Versteck geholt hätte. Okay, dieser Jemand hätte Antje Augustin heißen können. Aber bei dem zweiten Raub hatte eindeutig Onno seine Finger im Spiel gehabt, daran bestand kein Zweifel. Dessen Beschreibung hätte Marc-Oliver Reichert nicht so präzise erfinden können. Entweder hatte Sibylle es sehr richtig befürchtet – oder aber mit ihrem Anruf bei ihm nur auf den Busch klopfen wollen. Arning war nicht weltfremd, über die Motive seiner Nachbarn hegte er keine Ideale. Vor noch gar nicht langer Zeit waren ihre Vorfahren Strandräuber und Piraten gewesen. Eine gerissene Bande.

Worüber sich der Polizist allerdings noch keine Meinung

gebildet hatte, war, ob das Ganze ein einziger gigantischer Aprilscherz war, den die Insulaner extra für ihn ausgeheckt hatten. Oder ob es hierbei wirklich ums Ganze ging, sprich, um die Kohle. Wenn dem so war, dann hatten sie für ihr Vorgehen bestimmt einen triftigen Grund. In jedem Fall sollte er ihnen den Spaß nicht verderben.

Arning stand auf, ging in den an seine Dienststube angrenzenden Flur und klopfte drei Mal an die Tür der dort befindlichen Zelle.

»He, Reichert, alles in Ordnung bei Ihnen?«

Als Antwort erfolgte ein Grunzen.

Arning warf einen Blick durch das Loch in der Zellentür. Der Mann lag auf seiner Pritsche, den Eisbeutel, den Uphoff ihm gegeben hatte, noch auf der Stirn. Was immer es für ein Mittel war, das seine Peiniger dem Burschen eingeflößt hatten, es wirkte nach.

»In zwei Stunden bringe ich Sie aufs Festland hinüber. Stellen Sie sich schon mal darauf ein, Reichert!«

Marc-Oliver Reichert stöhnte und brummte irgendein unverständliches Zeug, dem Arning keine Aufmerksamkeit mehr schenkte. Der Polizist war bereits vor die Polizeistation getreten und teilte den dort herumkrakeelenden Leuten mit, dass sein Gefangener über Nacht auf der Insel bleiben und erst morgen früh von den Aurichern abgeholt werden würde.

»Geht nach Hause und schämt euch!«, schimpfte er. Und dann wartete er so lange, bis sich die Menge in alle vier Himmelsrichtungen zerstreute. Es dauerte keine Viertelstunde.

65.

Antje Augustin stand am Fenster und schaute in den Nebel hinaus, der leise vom Meer her aufzog. Sie schämte sich tatsächlich, aber nicht sehr. Obwohl sie es gewesen war, die von allen Umstehenden vorhin am lautesten die Stimme erhoben hatte. Dass sie so laut geschrien hatte, war natürlich nicht besonders nobel gehandelt von ihr. Immerhin war sie kurzfristig, ungefähr drei Tage lang, sogar verliebt in den Mann gewesen. Aber Marc-Oliver war ein Loser, und sie wollte nichts mehr zu tun haben mit ihm.

Wie anständig von Manfred Arning, dass er sie vorhin, als sich die Leute nach Hause trollten, kurz beiseite genommen hatte. Freundlich, aber unmissverständlich hatte er sie gewarnt.

»Unter uns, Antje. Die Sache mit dem Klebestreifen hast du vermasselt. Aber ich vertraue darauf, dass demnächst eine größere Summe den Weg in die Sonntagskollekte findet.«

Sie hatte Manni angeguckt und nicht gewusst, was sie sagen sollte. Natürlich wollte sie sich nicht als Reicherts Komplizin vor Gericht wiederfinden.

»Ich weiß nicht, wovon du sprichst, Manni«, hatte sie schließlich gestammelt und dabei selbst gemerkt, wie schwach ihre Stimme geklungen hatte.

»So ist es brav, Antje«, hatte Arning gesagt. »Lass die Finger von Reichert. Der Bursche ist nicht mehr zu retten.«

Zu Hause angekommen, hatte sie als Erstes noch einmal ihre Beute begutachtet. *Fliehe weit und schnell*, Fred Vargas' Roman, war inzwischen auf den doppelten Umfang angeschwollen und platzte aus allen Nähten.

Mit dem Zählen war sie schon gar nicht mehr nachgekommen.

Gedankenverloren drehte Antje das Buch in den Händen. Da sie nun einmal am Morgen diesen blöden Überfall vorgetäuscht hatte, gab es in dieser Hinsicht kein Zurück mehr für sie. Aber sie hatte Arning doch richtig verstanden, dass er ihr keinen Strick daraus drehen würde? Wie konnte sich der Polizist nur so sicher sein, dass Marc-Oliver nicht gegen sie aussagen würde? Hatte er etwa selbst einen Deal mit Marc-Oliver ausgehandelt? Gern hätte Antje Näheres darüber erfahren, aber Arning hatte ihr nichts weiter gesagt.

Sie durfte nur nicht mehr daran denken, was sie sich von diesem Geld alles hätte leisten können! Es war zu schade darum! Doch wusste sie natürlich, dass Arning recht mit seinen Andeutungen hatte. Wollte sie ihres Lebens noch froh werden, durfte sie die Summe, die sie heute Morgen unterschlagen hatte, nicht für sich selbst behalten. *Unrecht Gut gedeihet nicht* und wie diese Sprüche so hießen. Schließlich wollte sie sich morgens im Spiegel noch selbst in die Augen schauen.

Zum Trost blieben ihr ja immer noch die dreitausendvierhundertfünfzig Euro von Onno. Und außerdem – war es ihr in Wahrheit gar nicht ums Geld gegangen. Ihr Thema hieß Perfektion. Witzig, im Bemühen, weniger perfekt zu sein, war sie in der letzten Zeit nur noch perfekter geworden. Eine coole Gangsterbraut für ein Wochenende. Eine Art weiblicher Robin Hood der Auricher Darlehenskasse. Und sie hatte deswegen nicht einmal ein schlechtes Gewissen. Bei den Summen, die zur Zeit weltweit in allen möglichen schwarzen Löchern verschwanden, kam es auf diese paar Kröten nun wahrlich nicht an. Mit dem Geld von heute Morgen waren es rund zwölftausend Euro, nach denen kein Hahn krähen würde. Wenn sie das Geld aber für einen guten Zweck spendete, konnte sie eine Menge Gutes damit bewirken. Ob es schon Umschulungskurse für notleidende Banker gab? Oder einen Hilfsfond für deren Witwen und Waisen?

Sie würde ein paar Tage abwarten, bis ein wenig Gras über die Sache gewachsen war, und dann mit dem Pfarrer reden. Sicher kannte Pastor Frerichsen ein paar sinnvolle Projekte, bei denen dieses Geld gut angelegt war.

66.

Dichter Nebel hatte sich über die Insel gelegt. Für seine Pläne perfekt. Der Nebel würde alles dämpfen. Die Erregung, das Testosteron. Die aufgeregten Rufe, vielleicht auch ein Stöhnen, die Schmerzensschreie. Aber auch die vorangegangenen Fausthiebe würde der Nebel – hoffentlich – behutsam in Watte packen. Leider waren sie unumgänglich bei dem, was nun folgen würde.

Manfred Arning atmete noch einmal tief durch, dann schloss er die Zellentür auf. Es war noch nicht lange her, dass ein Gefangener ihn in seiner eigenen Amtsstube schachmatt gesetzt hatte, Enno Heyken, ein Insulaner, der seine Frau Alina ermordet hatte, Arnings Jugendliebe. Bei anderen Ermittlern wäre Heyken vielleicht mit seiner Tat durchgekommen, aber er hatte nicht mit Manfred Arning gerechnet. Und dann war er auch noch so dumm gewesen, hatte Arning zusammengeschlagen und einen Fluchtversuch unternommen. Das Unternehmen hatte mit Heykens Selbstmord geendet. Immerhin hatte er Arning damit auf eine Idee gebracht. Schönen Dank noch im Nachhinein, Heyken!

Dass Arning vor manchen Leuten am Ende selbst als der Dumme dastehen würde, musste er heute auf sich nehmen. Er tat es für Antje. Vielleicht auch für Kai, obwohl der ihm so frech gekommen war neulich und ihm die gute Tat nicht einmal danken würde. Und er tat es für Onno und Ubbo. Für diese beiden vor allem. Wer weiß, wie es ihm selbst in ein paar Jahren erging, wenn er erst so alt war wie sie?

»Okay, Reichert, raffen Sie sich zusammen, Mann. Ich bringe Sie jetzt auf mein Boot.«

Der Mann – hatte er wirklich geschlafen oder tat er nur so? – taumelte aus der Zelle. Manfred Arning drückte ihm seine Dienstpistole in den Rücken – die Waffe war nicht geladen – und stieß ihn vor sich her.

»Da geht es lang!«

Reichert war nicht so dumm, schon loszurennen, sobald sie nur auf der Straße im Freien waren. Wohin hätte er sich auf der Insel auch wenden können? Sicher hatte er am Nachmittag jeden einzelnen Ruf laut und deutlich mit angehört.

»Lass uns kurzen Prozess mit ihm machen, Manni!« – »Und so einen hat Habbo noch aus dem Wasser gezogen ...« – »Schmeißen wir ihn doch wieder rein ...«

Von der Polizeiwache war es nicht weit bis zum Hafen. Wie erwartet, kam ihnen auf dem kurzen Weg niemand entgegen, bei dem Nebel waren um diese Uhrzeit keine Menschen mehr unterwegs. Sowohl die Touristen als auch die Einheimischen saßen brav in ihren Stuben vor ihren Computern und Fernsehgeräten. Einige träumten vielleicht davon, wie sie den mutmaßlichen Bankräuber morgen früh gemeinsam vermöbeln würden.

Er musste nur sehen, dass es ihm nicht auch wie dem armen Kurt Doppler erging, dachte Arning. Nicht, dass Reichert auch ihn an der Nase erwischte! Er musste sich rechtzeitig ducken, unter dem Schlag wegtauchen, soweit das möglich war bei dem Nebel. Schnell musste er sein, wendig vor allem, er würde die Faust ja nicht auf sich zukommen sehen. Am besten war es, dem Kerl zuvorzukommen und ihm seinerseits einmal kräftig in die Eier zu treten. Zum Abschied gewissermaßen. Später könnte er vorgeben, dass Reichert ihn selbst dort getroffen hätte. Davon blieben keine sichtbaren Verletzungen zurück, jedenfalls keine, die irgendjemand je nachprüfen würde.

Hauptsache, der Mann sagte nicht gegen Antje und Onno aus, der Rest musste Arning egal sein. Sollte Reichert selbst zusehen, wo er bliebe und was aus ihm werden würde. Der Mann bekam eine faire Chance von ihm, auch wenn er eine Witzfigur war, den zwei alte Tattergreise um seine Beute gebracht hatten.

Down these mean streets a man must walk …, dachte Arning. Hier auf der Insel hätte es besser *down these clean streets* geheißen.

67.

Marc-Oliver konnte sein Glück gar nicht fassen. Er war tatsächlich noch einmal davongekommen. War ihnen entkommen. Erst seinen Häschern, dieser wilden Meute, die bereit gewesen war, ihn aus seiner gemütlichen Zelle herauszuprügeln und ihre grausame Lynchjustiz an Ort und Stelle zu praktizieren. Und dann dem dicken Inselpolizisten, der sich wie der letzte Tölpel benommen hatte. Die Leute lebten hier eben ein wenig hinter dem Mond. Das reinste Mittelalter! Einem wie dem alten Marc-Oliver konnten sie nicht das Wasser reichen. Mit einem gezielten Hieb hatte er diesen Manfred Arning außer Gefecht gesetzt – vermutlich hatte er die Staatsgewalt mitten in die Eingeweide getroffen. Arnings Stöhnen hatte herzerweichend geklungen. Okay, auch der Beamte war nicht gerade zimperlich vorgegangen, im Gegenteil, dieser Scheißkerl hatte ihm einen Tritt in seine edelsten Teile verpasst, an den sich Marc-Oliver zeit seines Lebens erinnern würde. Davon würde er noch seinen Enkelkindern erzählen, sollte er je welche haben.

Aber er hatte die Zähne zusammengebissen und war mit einem Satz an Bord des Polizeibootes gesprungen. In Windeseile hatte er, er wusste nicht, wie, den Motor angeschmissen und auch nicht vergessen, die Leinen zu kappen. Dafür, dass er noch niemals zuvor ein Schiff gesteuert hatte, war er wirklich geschickt vorgegangen. Als hätte er so etwas schon immer gemacht. Alle Handgriffe hatten gesessen. Arning aber war am Kai zurückgeblieben. Selbst durch den Nebel, der doch die meisten Geräusche verschluckte, hatte Marc-Oliver ihn jammern und nach Luft schnappen hören können.

Und obwohl kaum die Hand vor Augen zu sehen war, hatte er das Boot sicher aus dem Hafen manövriert, ohne irgendwo anzustoßen oder gleich wieder auf Grund zu laufen oder was der Ungeschicke noch mehr waren, die einem bei einer solchen Aktion widerfahren konnten. Nun hielt er sich im Großen und Ganzen westwärts. Auf keinen Fall durfte er direkt zum Festland steuern – das würden sie von einer Landratte wie ihm doch nur erwarten. Holland, so hieß fürs Erste sein Ziel. Dort würde man ihn vielleicht nicht sogleich erkennen. Auch wenn er natürlich befürchten musste, dass die Zusammenarbeit auf internationaler Ebene heute hervorragend klappte. Wenn schon bei Bankrotteuren wie ihm, dann sicher auch bei Polizeibeamten. Aber vielleicht dauerte es doch eine kleine Weile, bis Arning den Dienstweg beschritten hatte. Der Mann brauchte sicher Zeit, musste sich erst einmal sammeln …

Marc-Oliver lachte, als er an die Schreckens- und Schmerzenslaute dachte, die der Polizist ausgestoßen hatte. Dem hatte er es gründlich gezeigt. Noch einmal würde er diesem Idioten nicht in die Finger fallen.

Hatte er Juist schon passiert? Und war schon an Borkum vorbei? Irgendwann müsste er sich doch ein wenig nördlicher halten? Lag hier nicht irgendwo noch diese Vogelinsel im Weg – wie hieß sie doch gleich? Der Name klang ähnlich wie Memme? Nun, eine Memme war er jedenfalls nicht, das hatte er heute sich und allen, die es wissen wollten, bewiesen. Zwar hatte er noch immer kein Geld in der Tasche. Aber er hatte ein Boot. Vielleicht konnte er es irgendwo auf dem Schwarzmarkt verscherbeln? Er musste nur sehen, dass er in irgendeinem abgelegenen holländischen Hafenstädtchen an die richtigen Leute herankam. Irgendwelche dubiosen Russen traf man doch überall.

Und im Notfall, falls sich kein Käufer fand, würde er das Boot eben behalten und damit ferne Länder ansteuern. Dafür brauchte er nur ein bisschen Sprit aufzutreiben. Und musste sehen, wie viel der Motor verbrauchte.

Zwar war ihm kalt, und ihm klapperten sogar ein wenig die Zähne. Aber wenigstens hatte er seinen alten Mumm wiedererlangt. Gut gelaunt die schönsten Fluchtpläne spinnend tuckerte Marc-Oliver durch den dichten Nebel hinaus auf die offene See.

68.

Nach dem Nebel, der in den vergangenen Tagen geherrscht hatte, war am Karfreitag das schönste Frühlingswetter ausgebrochen, Wetter, bei dem zwei alte Männer endlich ihre morschen Knochen auslüften konnten. Einträchtig saßen Onno und Ubbo in Ubbos altem Strandkorb und zählten ihr Geld. Die Hunderttausendergrenze hatten sie bereits überwunden. Wenn ein einzelner Strandläufer oder gar ein Grüppchen Spaziergänger vorbeikamen, ließen sie die Geldbündel sinken und legten ihre Hände für einen Moment in den Schoß. Dopplers lederne Satteltaschen hatten sie zu ihren Füßen verstaut. Zwischendurch taten sie sich an einem Schluck Sanddornlikör gütlich.

Hin und wieder schweifte Onno mit seinen Gedanken ab und sah der Möwe zu, die es sich auf dem Strandkorb gegenüber gemütlich gemacht hatte. Ihren Schnabel hatte sie rückwärts ins Gefieder gesteckt, ab und an bewegten sich die Schwanzfedern kaum merklich im Winde. Einen Moment lang hatte Onno gedacht, die Möwe liege im Sterben, ja, sei vielleicht schon verreckt. Tot. Auf einem Strandkorb verschieden; ein für eine Möwe ungewöhnlicher Ort.

Auf einmal aber hatte sie sich aufgerichtet und merkwürdige Laute von sich gegeben. Vergeblich versuchte sie, sich tiefer in das Geflecht des Korbs hineinzuwühlen. Es war ein funkelnagelneuer, glänzend blau-weiß gestrichener Korb mit einer ebenfalls blau-weiß gestreiften Markise, die schlaff in der Frühlingssonne herunterhing. Auch sie bewegte sich nur hin und wieder in der kaum merklichen Brise.

Jetzt duckte sich die Möwe, als ob sie sich ganz in sich selbst zurückziehen wollte. Onno schmunzelte. Kein Zweifel, die Möwe war im Begriff, ein Ei zu legen – und hatte ausgerechnet den Strandkorb Nummer 902 zu ihrem Nest auserkoren. Jetzt bemerkte Onno auch das zu ihr gehörende Männchen. Es trippelte aufgeregt am Dünenrand hin und her. Der Feigling wagte sich offenbar nicht in Onnos und Ubbos Nähe. Oder hatte Respekt vor dem Weiberkram. Zu Recht, dachte Onno.

Selbst die allerdümmste Kreatur verstand sich auf Kompromisse. Auch ein Vogel war bereit, wenn es sein musste, sich an den ungewöhnlichsten Orten ein Nest zu erbauen. Man konnte nicht immer alles haben, musste Kompromisse eingehen im Leben. Das hatte schon sein Vater immer gesagt. Du kannst nicht den Kuchen vor dir auf dem Teller behalten und gleichzeitig schon verdauen. Verglichen mit den Kompromissen, die Onno schon auf sich genommen hatte – die Ehe mit Gerda war der allergrößte gewesen – war dieser jetzt vergleichsweise gering. Natürlich wäre er lieber auf Juist wohnen geblieben. Aber da hätte man ihn irgendwann vielleicht doch noch zur Rede gestellt. Und zur Rechenschaft gezogen, auch das. Auch wenn man dort drüben inzwischen offiziell davon ausging, dass dieser verzweifelte Kölner – Sibylles Pensionsgast – den Geldtransport überfallen hatte. Nach dem Mann und der Beute wurde weiterhin gesucht, so hatte Kai bei seinem letzten Telefonat mit Ubbo zu berichten gewusst. Dieser Knutenfurz von einem Banker war doch tatsächlich aus Mannis Gewahrsam entkommen und samt Polizeiboot im Nebel entschwunden. »Tja, jede Boontje kriggt sien Lohntje«, hatte Ubbo dazu gesagt.

Nach Onno suchte man also nicht weiter. Aber Onno kannte etwas, das noch schlimmer als Mannis Arrestzelle war. Auf Juist hätte er weiter unter der Fuchtel seiner Tochter gestanden. Sibylles Pension, ein Altersheim oder Knast bei Wasser und trocken Brot; für ihn gab es da nur geringfügige Unterschiede.

Der Sand war auch hier fein und weiß, das Meer leuchtete. Nordsee blieb Nordsee. Dies war nicht die schönste aller Inseln – auch wenn Ubbo es felsenfest glaubte und auch ihn davon zu überzeugen versuchte. Einen eindeutigen Vorteil aber hatte Norderney, das musste Onno zugeben. Bei schönem Wetter hatte man von hier aus eine exzellente Sicht hinüber nach Westen. Dann konnte er seine geliebte Heimatinsel in nicht allzu weiter Ferne im Meer liegen sehen. Fast konnte man rüberspucken. Auf jeden Fall war der Blick von hier aus schöner als umgekehrt.

Am allerschönsten wäre es freilich gewesen, wenn er am Juister Strand hätte sitzen und auf Juist hätte schauen können. Aber das war nur ein weiteres Beispiel für seine These; leider ging nicht beides zugleich.

Hauptsache, Sibylle würde ihn hier nicht suchen. Er musste sich nur noch einen Weg zur gelben Dame einfallen lassen. Auch das würde sich mit der Zeit finden.

»Hundertvierzigtausend«, spuckte Ubbo aus. »Dunnerlittchen, und da sind immer noch ein paar Bündel in der Tasche. Fürs Erste haben wir ausgesorgt.«

»Zähl mir mal dreieinhalbtausend ab«, sagte Onno. »Mir ist gerade eine richtig gute Idee gekommen.«

69.

Am Ostersamstag war Kai Riepke von morgens bis abends beschäftigt. Erst hatte ihn sein alter Vater, kaum war er auf Norderney zu Besuch eingetroffen, mit einem Botenauftrag zurück aufs Festland geschickt. In einem Antiquitätengeschäft in Oldenburg sollte er ein chinesisches Jadekettchen mit passenden Ohrringen kaufen. Seltsam, die Frau, der er das Angebinde überbringen sollte, als kleine Aufmerksamkeit eines alten Freundes, war ausgerechnet die Leiterin jenes Altenheims, in dem Sibylle ihren Vater am Monatsanfang gern einquartiert hätte. Wenn der olle Kröpel nicht rechtzeitig vorher die Biege gemacht hätte. Natürlich kam Kai die Sache mehr als spanisch vor. Er fragte sich, wohin Onno verschwunden war. Und was sein alter Herr davon wusste. Aber Ubbo hatte Kai zu verstehen gegeben, dass sich weiteres Nachfragen für ihn nicht lohnte.

Also war Kai nach Oldenburg gefahren und hatte getan, wie sein Vater ihm geheißen hatte, ganz der gehorsame Sohn. Allerdings war es ihm gelungen, den

Schmuck im Preis herunterzuhandeln und die junge Verkäuferin davon zu überzeugen, ihm für das restliche Geld noch eine kleine Anstecknadel draufzulegen. Sie hatte die Form eines Ostereis und würde sich vorzüglich auf Sibylles stattlichem Busen machen.

Für den Rest des Tages war Kai in seinem Element. Erst ein gediegener ostfriesischer Tee mit der Heimleiterin, mit der er sich interessant unterhalten hatte. Zwar hatte er ihr einen Brief mit einem schwarzen Trauerrand überreichen müssen. »Geht dich nichts an, was da drin steht«, hatte sein Vater gegrummelt, als er ihn gefragt hatte, wer denn gestorben wäre. Bei der Lektüre des Briefes aber war Heidi Stövhase in beste Laune geraten. Und erst recht, als sie den chinesischen Schmuck ausgepackt hatte. Es war manchmal so einfach, Frauen glücklich zu machen.

Heidi Stövhases Heiterkeit hatte auf Kai abgefärbt. Und nun stand er vor Sibylles Tür und überlegte, mit welchen Worten er ihr sein kleines Osterei überreichen sollte. Sie war doch hoffentlich nicht länger böse auf ihn? Auch für Sibylle hatte sein Vater ihm einen schwarz umrandeten Brief mitgegeben. Die Schrift auf dem Brief war Kai unbekannt. Oder, nun ja, wenn er ehrlich war, vielleicht doch nicht ganz unbekannt. Als Bankmensch kannte man die Unterschriften der verschiedensten Kunden.

»Sag der ollen Suursnuut, sie soll sich um den alten Onno keine Sorgen mehr machen«, hatte sein Vater ihm aufgetragen.

»Von wegen, Suursnuut«, hatte Kai aufbegehrt. Er wusste es jetzt schon besser. Und bald, vielleicht schon heute Nacht, würde er es noch besser wissen.

70.

Die Nebel über der See hatten sich längst gelichtet, doch hatte er es noch gar nicht bemerkt. In seinem Kopf kreisten verführerische Wirbel und gaukelten ihm vor, dass er sich mit Antje Augustin an Bord eines Kreuzfahrtschiffes befände. Am Morgen hatte der Kapitän die Order ausgegeben, dass alle Passagiere heute ausnahmsweise mit Hand anlegen und selbst paddeln müssten. Bei näherem Nachdenken ergab dieser Befehl durchaus einen Sinn; auf diese Art und Weise kamen sie erheblich schneller von der Stelle als mit bloßer Maschinenkraft. Nach einer Weile hatte Marc-Oliver festgestellt, dass das Paddeln ihm großen Spaß machte. Antje und er hatten in einen harmonischen, gleichmäßigen Takt gefunden. Hin und wieder legten sie eine kleine Pause ein und schauten sich verliebt in die Augen.

Er hätte nicht sagen können, welcher Tag heute war. Aber das spielte ja auch nicht mehr die geringste Rolle. Nachdem er den Sprit aufgebraucht hatte und die beiden angebrochenen Wasserflaschen, die er in der kleinen Kajüte gefunden hatte, geleert, hatte er endlich seinen Frieden gefunden.

Danksagung

Die Zitate auf S. 15 entstammen den Gedichten »Pidder Lüng« von Detlev von Liliencron sowie »Jetzt ist es Zeit« von Erich Mühsam.

Für die plattdeutschen Inspirationen bin ich Theo Schuster: *Plattdeutsches Schimpfwörterbuch für Ostfriesen und andere Niederdeutsche* (Verlag Schuster, Leer, 2. erw. Aufl. 1997) zu Dank verpflichtet.

Sämtliche Personen mitsamt ihren Verstrickungen und Geldnöten sind frei erfunden, mit Ausnahme von Habbo Schwips, dem ich für seine erneute Bereitschaft, meinen Roman durch einen Gastauftritt zu bereichern, herzlich danke. Ich hoffe, es ist dir recht, Habbo, dass du die Suursnuut Gerda unter die Erde gebracht hast und einem armen, notleidenden Banker fürs Erste das Leben rettest!

Nach wie vor bin ich meiner Krimikollegin Sandra Lüpkes, dem Buchhändler Thomas Koch sowie der Inselgemeinde Juist und allen beteiligten Personen dankbar für die inspirierenden Aufenthalte auf Juist. Für mich war das von ihnen ins Leben gerufene *Tatort Töwerland*-Krimistipendium im Januar 2006 der Beginn einer lebenslangen Freundschaft – möge sie trotz all meiner »kriminellen Hirngespinste« auch weiterhin auf Gegenseitigkeit beruhen.

Und last, but not least, danke ich der Verlegerin des Leda-Verlages, Heike Gerdes, für ihre bemerkenswerte Geduld!

Regula Venske, im Mai 2009

Regula Venske

»... war vier Jahre alt, als man ihr (der Protestantin im katholischen Münster) attestierte, sie habe eine schwarze Seele. Mit 10 fing sie dann an, Krimis zu produzieren und hat sich von da an konsequent in den Olymp der deutschen Krimiautoren eingeschrieben.« *(Radio Bremen)*

Im Leda Verlag erschien 2006 ihr Erfolgskrimi *Juist Married oder Wohin mit der Schwiegermutter?*, der schon in der dritten Auflage vorliegt; von ihrer Liebe zu Ostfriesland zeugen außerdem zahlreiche Kurzgeschichten, die sich u. a. in den Leda-Anthologien *Mordkompott*, *Flossen hoch*, *Fiese Friesen*, *Inselkrimis* oder *Tee mit Schuss* finden.

Die Autorin wurde u. a. mit dem *Oldenburger Kinder- und Jugendbuchpreis*, dem *Deutschen Krimipreis* und dem *Lessing-Schriftstellerpreis* des Hamburger Senats ausgezeichnet; sie ist Mitglied in der Krimiautorenvereinigung *Syndikat* und im *PEN* und lebt mit ihrer Familie in Hamburg.

Regula Venske
Juist married
oder Wohin mit der Schwiegermutter?
Inselkrimi – Juist
978-934927-85-8
8,90 Euro

Sandra Lüpkes
Die Sanddornkönigin
Der Brombeerpirat
2 Inselkrimis – Juist, Norderney
978-3-939689-06-5
9,90 Euro

Tatjana Kruse
Nur ein toter Maler ist ein guter Maler
Inselkrimi – Norderney
978-3-939689-26-3
8,90 Euro

Peter Gerdes
Wut und Wellen
Inselkrimi
Langeoog
978-3-939689-34-8
9,90 Euro

Peter Gerdes
Sand und Asche
Inselkrimi
Langeoog
978-3-939689-11-9
9,90 Euro

Peter Gerdes
Solo für Sopran
Inselkrimi
Langeoog
978-3-939689-63-8
9,90 Euro

Ulrike Barow
Endstation
Baltrum
Inselkrimi – Baltrum
978-939689-09-6
8,90 Euro

Ulrike Barow
Dornröschen
muss sterben
Inselkrimi – Baltrum
978-939689-14-8
8,90 Euro

Ulrike Barow
Baltrumer
Bärlauch
Inselkrimi – **Baltrum**
978-939689-31-7
9,90 Euro

Ulrike Barow
Baltrumer
Dünengrab
Inselkrimi
978-3-939689-62-1
9,90 Euro

Regine Kölpin
Muschelgrab
Inselkrimi
Wangerooge
978-3-939689-59-1
9,90 Euro

Tatjana Kruse
Wie klaut man
eine Insel?
Inselkrimi – Borkum
978-3-934927-96-4
8,90 Euro

Lothar Englert
Friesische Freiheit
Historischer Roman
978-3-934927-55-3
15,90 Euro

W. W. Domsky
Ehre, wem Ehre …
Kriminalroman
978-3-939689-33-1
9,90 Euro

Manfred C. Schmidt
Gut Schuss
Ostfrieslandkrimi
978-3-939689-39-3
256 S.; 9,90 Euro

Lars Winter
Blonder Mond
Ostfrieslandkrimi
978-3-939689-59-1
10,90 Euro

Klaudia Jeske
Erben ist menschlich
Heidekrimi
978-3-939689-52-2
8,90 Euro

Gundula Thors
Köhlbrand sehen und sterben
978-3-939689-61-4
9,90 Euro

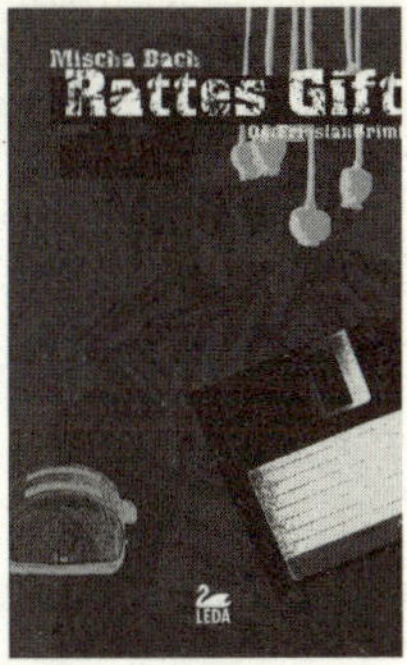

Barbara Wendelken
Berbertod
Ostfrieslandkrimi
Leer
978-939689-25-6
272 S.; 9,90 Euro

Mischa Bach
Rattes Gift
Ostfrieslandkrimi
Leer
978-9-939689-23-2
272 S.; 9,90 Euro

Wolke de Witt
Sturm im Zollhaus
Ostfrieslandkrimi
978-3-934927-77-3
8,90 Euro

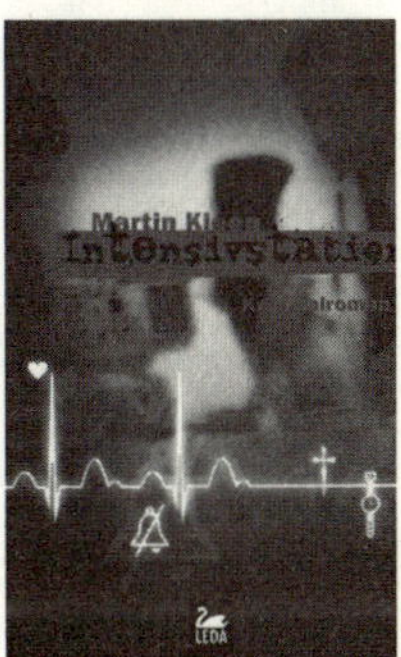

Martin Kleen:
Intensivstation
Kriminalroman
978-3-939689-57-7
9,90 Euro

Kerstin Körte
Dass ich dich besser fressen kann
978-3-939689-37-9
8,90 Euro

Ulrich Hefner
Das Lächeln der toten Augen
978-3-939689-17-1
9,90 Euro

Venske/ Gerdes (Hrsg):
Gepfefferte Weihnachten
Krimis & Rezepte
978-3-939689-38-6
9,90 Euro

H. & P. Gerdes (Hrsg):
Friesisches Mordkompott
Süßer Nachschlag
978-3-939689-21-8
9,90 Euro

H. & P. Gerdes (Hrsg):
Friesisches Mordkompott
Herber Nachschlag
978-3-939689-20-1
9,90 Euro

P.eter Gerdes (Hrsg):
Inselkrimis
Kriminelles zwischen Strand und Düne
978-3-939689-56-0
9,90 Euro

H. & P. Gerdes (Hrsg):
Mordkompott
Meerumschlungen
SchleswigHolstein
978-3-939689-68-3
9,90 Euro

Peter Gerdes (Hrsg.)
Fiese Friesen
Kriminelles zwischen Deich und Moor
978-3-934927-58-2
12,70 Euro

Angelika Stucke
Kaltmond
Historischer Krimi
978-3-939689-50-8
9,90 Euro

Peter Gerdes
Kurz und schmerzlos
Stahnke ermittelt
978-3-939689-65-2
9,90 Euro

Andreas Scheepker
Tod eines Häuptlings
Ost**friesland**krimi
978-3-939689-16-4
8,90 Euro

Böker/Vollbrecht
Berits
Bild
Schleswig-Holstein
978-3-939689-70-6
9,90 Euro

Ab.&B. Sieberichs
Mord am Fjord
Die Perle der Schlei
Schleswig-Holstein
978-3-939689-69-0
9,90 Euro

Andreas Schmidt
Tod mit
Meerblick
Schleswig-Holstein
978-3-939689-67-6
9,90 Euro